Martin Greif

Marino Falieri, oder die Verschwörung des Dogen zu Venedig

Trauerspiel in 5 Akten

Martin Greif

Marino Falieri, oder die Verschwörung des Dogen zu Venedig
Trauerspiel in 5 Akten

ISBN/EAN: 9783743629226

Hergestellt in Europa, USA, Kanada, Australien, Japan

Cover: Foto ©Andreas Hilbeck / pixelio.de

Weitere Bücher finden Sie auf **www.hansebooks.com**

Marino Falieri,

oder:

Die Verschwörung des Dogen zu Venedig.

Trauerspiel in 5 Akten

von,

Martin Greif.

Alle Rechte vorbehalten.

Wien, 1879.

Verlag der Wallishausser'schen Buchhandlung.

(Josef Klemm.)

Seinem Freunde

Dr. Phil. Oskar Eisenmann

zugeeignet.

Marino Falieri,

oder:

Die Verschwörung des Dogen zu Venedig.

Personen.

Marino Falieri, Doge von Venedig .	Hr. Lobe.
Annunziata, dessen zweite Gemalin .	Fr. Albrecht.
Pinola, ⎫ seine Töchter aus erster Ehe.	Frl. Weiße.
Luigia, ⎭	Frl. Eckstein.
Bertuccio, Neffe des Dogen . . .	Hr. Bassermann.
Badoer, Vice-Doge . . . . . . ,	Hr. Edgar.
Lioni, ⎫	Hr. Grève.
Gradenigo, ⎬ die Staatsinquisitoren	Hr. Darmer.
Cornaro, ⎭	Hr. Drach.
Giovanni, Lioni's Sohn	Hr. Mylius.
Steno, ⎫ Nobili	Hr. Ranzenberg.
Dandolo, ⎭	Hr. Bank.
Isarel, Arsenalmeister	Hr. Heinrich.
Calendaro, Bildhauer	Hr. Schönfeld.
Antonio, dessen Sohn	Hr. Lenor.
Der Castellan des Dogenpalastes . .	Hr. Gröhe.
Battista, ein Luftspringer	Hr. Thyrolt.
Bertram, Diener im Hause des Dogen	Hr. Morvay.
Der Signor di Notte	Hr. Thalboth.

Die Räthe des Dogen. Edelleute, Verschworene, Hellebardiere, Schaarwächter, Seesoldaten, ein Notar, Diener.

Zeit der Handlung: 1353.

Ort: Venedig.

Zum ersten Male im Stadttheater in Wien aufgeführt am
24. September 1853.

Den Bühnen gegenüber Manuscript. Das Aufführungsrecht
ist zu erlangen für Deutschland durch A. Entsch, Berlin,
Mittelstraße Nr. 25, und für Oesterreich-Ungarn durch
G. Enzinger, Wien, VI., Getreidemarkt Nr. 5.

*) Die eingeklammerten Stellen blieben bei der Auf-
führung im Stadttheater weg.

I. Akt.

(Die Scene ist das Innere des Dogenpalastes, und zwar
eine Halle, die in festlich erhellte Gemächer ausläuft; zur
Rechten führen Colonnaden zu einer großen Treppe; zur
Linken führt eine verschlossene Thür — darüber das vene=
tianische Wappen — in einen Berathungssaal. — Eine kenn=
bare Fallthüre führt in die Tiefe. An der Wand läuft
eine Steinbank hin.)

Steno (befindet sich auf der Bühne.)

Steno.

Der Doge hat ein feurig' Herz, wohl wahr,
Doch nimmt das nichts von seinen Runzeln weg
Und Runzeln steh'n auch nicht dem Herzog reizend.
Er, nun verwittert und besät mit Narben,
Mag auch der graue Bart ihm stattlich wallen,
Hat, zu erhärten jenes Spruches Kraft:
Es schütze Alter nicht vor Thorheit, spät
Ein junges Weib gefreit und heimgeführt,
Von der er Vater könnt', ja Ahne sein,
Und das nach lang ertragnem Stand des Witwers.
Das Uebel blieb nicht aus: die läßig frei'n
Um's ledige Töchterpaar, sind heiße Werber
Um diese Frau. Giovann' Lioni hat,
Wie ich, ein Aug' auf sie; er gern geseh'n,

Ich auf dem Weg dazu, auf sich'rem Wege
Ihr hold zu werden und ihn auszustechen,
Und müßt' es mit des Degens Spitze sein.
Nach manchem heimlich ihr gestand'nen Blick
Und Seufzer — ob auch nicht von ihr erwidert,
(Man kennt der Spröden Sittsamthun) — ich sage,
Nach vielem Schleichen um der Tugend Wall
Rüst' ich zum Sturm. Die Luft des Carnevals,
Der Masken Freiheit, Spiel und Tanzmusik,
Die meinem Schwärmerblick die Sprache leiht:
Dies Alles hat ihr so den Sinn berückt,
Daß zugeraunt in's Ohr ein Wort genügt,
Die Eva zu entfesseln in dem Weibe.
Auch dafür traf ich Anstalt wohlbedacht,
War klug mein Bote, nutz' ich's diese Nacht.

(Battista kommt von rechts gelaufen.)

Da ist er schon, wie er vom Seil gehüpft,
Bebändert und geputzt, ein Narr für Alle. —
Bringst du vergnügte Nachricht?

Battista.

Herr, ein Glücksfall,
Als hätt' Sanct Marcus mit die Hand im Spiele —
(Für sich) Ich lüg' ihn an, er will's nicht anders haben —
(Laut) Ihr wißt, just heut' am fetten Donnerstag
Hatt' ich nach altem Brauch vom Strand der Riva
Hinauf zu laufen das gespannte Seil
Zum Marcusthurm und mich von dort zu schwingen

Wie eine Taube zur Piazza nieder,
Wo bei dem Dogen thront die Dogaressa.
O hättet ihr geseh'n, wie ich das machte,
Wie ich gelenke Fuß vor Fuß gesetzt,
In Händen meinen großen Blumenstrauß,
Ihr hättet Eure Freude d'ran gehabt!

Steno.

Frag' ich nach dem?

Battista.

Es kommt — die Fürstin winkt.
Hier sitzt sie, da, ich neige mich und sage
Ihr Euren Gruß —

Steno.

Doch nicht, daß er es hörte? —

Battista.

Was denkt Ihr? Leis, als wär' es in der Beichte.
Ich sagte: „Steno schickt Euch seinen Gruß."

Steno.

Und sie?

Battista.

O sie! Sie nahm es lächelnd auf,
Und sprach in gleichem Ton zurück, nur trauter:
„Sagt diesem Herrn, dem edlen Steno sagt,
Daß, wo ich bin, ich seiner stets gedenke,
Bei Tag und Nacht, zu allen Jahreszeiten."
Und mehr gesprochen hätte sie gewiß,

Wenn nicht der Eh'herr ihr zur Seit' gesessen.
Doch was ihr wollt, das hatte sie gesagt.

Steno.

Lügst Du mir nicht?

Battista (nach der Fallthür zeigend).

Da will ich niederfahren,
Verfallen dem Gericht der Heimlichen,
Hier, wo die Fallthür in die Kerker geht
Und tief die grausen Wasserkammern sind. —
(Steno, der eine Kußhand nach der Seite der Colonnade
geworfen, gibt ihm einen Beutel mit Geld.)
Zu Eurem Dienst empfehl' ich mich auch ferner.
(Man hört Musik in der Ferne.)
Es ist der Aufmarsch, Herr, der Fleischergilde.
Habt Ihr nicht Lust, der Hatze beizuwohnen?

Steno.

Ich folge, such' mir Platz, ihr möglichst nah!
(Der Luftspringer läuft ab.)
Der Wind bläst gut, was sollt' ich mich bedenken,
Wo selbst sie winkt wie eine Courtisane
Herab vom Fenster? Nicht scherwenzeln lang
Vor Zof' und Töchtern, gleich an's rechte Thürlein,
Es wird Dir aufgemacht, Du weißt es nun.
Marin' Falieri, ehrenreicher Fürst,
Ich seh' ein Horn Dir aus der Mütze wachsen,

Die doppelt dann die goldgehörnte heißt:
Wo Jung und Alt sich paaren, taugt es nie,
Wenn Schnee auf Rosen fällt, erfrieren sie.

(Man hört Geräusch unter der Fallthüre.)

Doch horch! sie kommen aus den Kerkern, fort!

(Er eilt ab; die Bühne bleibt einen Augenblick leer. Dann
öffnet sich von innen die Fallthüre, daraus der Castellan,
eine Laterne und den Schlüsselbund in der Hand hervor
kommt und nach ihm Lioni, Gradenigo und Cornaro, die
3 Inquisitoren, emporsteigen; Ersterer in rothem, letztere in
schwarzem Talare. Die Musik spielt draußen fort.)

Lioni.

Die Runde durch die Kammern ist gemacht.
Merk', Castellan, ob dunkel sei ein Name,
Ob er im gold'nen Buch Venedigs prangt,
Ja, wenn ihn selbst des Dogen Titel schmückte,
Hier unten ist er ausgelöscht für immer;
Begraben liegt die Ehre mit im Kerker.
Pisani, Admiral der Republik
Vor Kurzem noch und Führer ihrer Flotten,
Auf Trotz und Ungehorsam angeklagt
Und eingeschlossen auf Befehl von Uns
Genoß begünstigt Speise, künftig nimmer!
Mit Deinem Kopfe haftest Du dafür!

Castellan.

Verzeihung, gnädige Inquisitoren,
Ich glaubte, weil es doch Pisani sei —

Lioni.

Auch seinen Namen nenne nimmermehr,
In strenger Haft beschließt er seine Tage.

(Der Castellan legt den Finger auf den Mund.)

Der gleich daneben in der Zelle sitzt,
Marino Barberigo, einst Senator,
Wird im Kanale diese Nacht ertränkt.
Er hat es auf dem Marterstuhl bekannt,
Daß er mit Genua Verkehr gepflogen;
Ich selbst erwart' ihn zu dem letzten Gange.
Bei Deinem Eid verschweige, was Du siehst.

(Der Castellan betheuert wie vorhin.)

Der Doge wird die Botschaft Genua's
Empfangen nach dem Umzug — Oeffne dort!

(Der Castellan öffnet mit dem Schlüssel und entfernt sich
durch die Thüre des Berathungszimmers.)

Erwarten wir ihn an der Schwelle mahnend,
Sonst schickt er die Gesandten nochmals heim,
Zum Krieg geneigt, wenn wir's zum Frieden sind.

(Sie setzen sich auf die Steinbank nieder.)

So müssen wir zuvor ihm kommen stets,
Daß er die Schranken nicht durchbricht im Trotze,
Die eng gezogen sind um seine Macht
Und die er doch nicht sehen will und achten.

Gradenigo.

Das halbe Jahr, seit er den Thron bestieg,
Hat mehr der Kämpfe im Senat gebracht,

Als sonst im Wandel ein Jahrhundert sah,
Hier, wo geheiligt die Gewohnheit herrscht.

Cornaro.

Als wir des vorigen Dogen Dandolo
Regierung prüften nach der Leichenfeier,
Zu Todtenrichtern vom Gesetz bestimmt,
Da fanden wir, daß er zu friedlich war
Und schwer entschlossen; diesen, fürcht ich, wird
Der umgekehrte Tadel treffen einst.

(In der Ferne Tusch und Hochrufe auf Falieri.)

Lioni.

Wenn es beim Tadel bleibt — ich fürchte mehr
Ich fürchte, daß er uns heraus wird fordern,
Der Himmel selbst hat uns gewarnt vor ihm.
Als er am Einzugstag Venedig nahte,
Verbarg ein Nebel plötzlich ihm die Stadt,
Das Staatsschiff konnte den Canal nicht finden,
Und endlich legt' es bei der Treppe an,
Davor der Richtplatz liegt der Missethäter.
Da zwischen beiden Säulen ging er durch,
Die sonst gemieden sind von allen Menschen.

(Erneuerte Hochrufe auf Falieri.)

Doch still, dort naht sein Mittelsmann Badoer.

(Die Inquisitoren erheben sich; Badoer tritt auf; der Jubel
außen dauert fort.)

Padoer.

O liebe Herren, welch erbaulich' Schauspiel,
Welch Sonnenblick in solch bewölkter Zeit!
Marin' Falieri, uns'rem Helden=Dogen,
Venedig jauchzt aus Einem Mund ihm zu.
Hört nur den Jubelsturm, des Volkes Grüße,
Dem vielgeliebten Fürsten dargebracht,
Den in der Noth einstimmig wir erwählt
Zum Lenker dieses hartbedrängten Staates.
Ist's nicht, erblickt man diesen kühnen Mann,
Als stünd' erweckt der erste Dandolo
Aus seinem Grab und schritte hin vor uns
In Kraft und Herrlichkeit, trotz seines Alters,
Das sonst der Helden Kniee wanken macht!
Oh, sagt es selbst, war uns're Wahl nicht glücklich?

Lioni.

Ob sie es war, muß erst die Folge lehren,
Die abstreift oder zeitigt üpp'gen Stolz.

Padoer.

Ihr nehmt den Schatten für die Sache schon.

Lioni.

Wir sind gewohnt, Gedanken auszuforschen.

Padoer.

Wohl weiß ich, daß er oft euch schroff begegnet
In abgewog'ner Rede ungeübt,

Wie neulich erst, da er im Rath geschürt
Das Kriegesfeuer gegen Genua
Und nicht geruht, bis ihm das Feldherrnschwert
Umgürtet ward, entgegen Eurer Meinung,
Die doppelte Gewalt zu einen anstand.
Doch richtet nicht zu streng des Mannes Schroffheit,
Ihm von den langen Kriegen her gewohnt.

(Ein Marsch wird vernommen.)

Es glüht sein hoher Sinn, voll Drang am Maste
Die Fahne von Sanct Marcus aufzustecken,
Die wehen sah der Archipelagus
Mit Schreck; die, nur erspäht, die Meere säubert
Und jeden Port, dahin die Flotten segeln.

(Der Festzug erscheint; voran die Marcus=Fahne, sodann
6 Räthe des Dogen in Purpur, hierauf Marino Falieri
mit der Herzogsmütze im Hermelin, ein langes Schwert in
der Hand, auf das er sich stützt mit Kraft; ihm zur Seite
geht die Dogaressa. Paarweise kommen nun: Giovanni
Luigia, Bertuccio und Pinola, das Kammerfräulein der
Dogaressa und Steno, sammt anderen Paaren von Edeln
und das übrige Gefolge, darunter auch einige Masken.
Bewaffnete beschließen den Zug.)

Falieri (zur Dogaressa).

Voran, mein Kind, die Herren warten dort.

Annunziata.

Ihr habt euch, mein Gemal so schnell erhoben.

Falieri.

Es war genug, das Volk wird leicht berauscht.
Auch schwebte mir ganz And'res vor dem Blicke
Als dieser ausgelaß'ne Mummenschanz:
Des großen Doria bemannte Flotte
Sah ich im Geist, und mitten auf den Wogen,
Den Gegner vor mir, fuhr ich auf ihn los.

(Badoer erblickend.)

Gott grüß dich, wackrer Freund! Ich grüß' Euch
Alle. —

Lioni, Ihr erspart mir einen Boten,
Willkomm'nes künd' ich Euch und Eurem Sohne.
Giovanni, der vor Zara mitgekämpft,
Ein zweiter Roland unter meinen Augen,
Ernannt' ich zu des Golfes Kapitän,
Trotz seiner Jugend, seinem Ernst vertrauend,
Und mit dem eig'nen Schwert begnad' ich ihn.

(Giovanni tritt, von Bertuccio geführt, vor den Dogen und
empfängt knieend das Schwert, das ihm Bertuccio um=
gürtet.)

Nimm hin und führ' es, junger Held, hinfort
Zum Schutz und Schirme Deiner Vaterstadt!

(Bertuccio beglückwünscht Giovanni.)

So recht! dem Freunde Heil, dem Waffenbruder!
Das steht dem Tapfern wohl, Bertuccio:
Der Ehrgeiz, nicht der Neid geziemt dem Krieger.

(Bertuccio auf die Schulter klopfend.)

Weißt Du, weshalb ich Dich umging vorerst,
Obwohl ich Dich im gleichen Krieg erprobt,
Der brüderlich das Zelt euch theilen sah,
Wie die Gefahr? — Weil Du mein Neffe bist.

(Die Inquisitoren betrachtend.)

Ich will von jenen Dogen keiner sein,
Die nicht das Amt bedenken, sondern sich,
Besorgter für ihr Haus, als für das Ganze.

Bertuccio.

Mein Oheim, Dank! Kein Glück ist meinem gleich,
Den Freund zu seh'n an Huld und Ehren reich.

Giovanni
(Bertuccio's Hand erfassend).

Vor Allen will ich es bekennen laut,
Daß ich mein Vorbild stets in Dir geschaut.

Luigia.

Zu Schiffe, weh', hinaus in Sturm und Krieg

Pinola.

Denk', dort allein gewinnt er Ruhm und Sieg!

Annunziata.

Daß Gottes Schutz sich gnädig ihm erweise!

Steno (der sich bisher mit der Zofe der Dogaressa
unterhalten, halblaut bei Seite).

Auch meinen Segen hat er auf die Reise.

2

Luigia.

Könnt' ich Gefahr und Kampf für Dich besteh'n.

Pinola.

Dem Krieger wünsch' ich, bald den Feind zu seh'n.

Annunziata.

Es mög' Dir wohlergeh'n, wir denken Dein!

Steno (bei Seite).

Der letzte Glückwunsch war besonders fein!
(Die Frauen treten zurück. Steno nähert sich der Doga=
ressa in aufdringlicher Weise.)

Steno (halblaut).

Gestattet, süße Frau, daß ich Euch grüße —

Falieri (der sich mit Badoer unterhalten hat, zu Lioni.)

Ihr habt für Euren Sohn doch auch ein Wort?

Lioni (zu Giovanni).

Ich wünsche Dir ein Herz voll Mäßigung
Und innerer Verachtung allen Glücks!
Wer schnell emporgestiegen — und zu schnell,
So dünkt mich's offen — stiegst Du — denke sich,
So viel er Staffeln aufwärts übersprang,
So viele stürzt er, wenn er fällt auf einmal
Und schnell im Fallen geht's die Höhe nieder.

Giovanni.

Stets sei mir gegenwärtig Euer Rath.

Falieri.

Des Vaters Zweifel hebt des Sohnes That.

(Zu den Uebrigen).

Die Gäste haben schon zu lang gewartet.

Annunziata (auf Steno deutend, der sich in auffäl=
liger Weise um sie bewegt).

Mein Herr Gemal, entfernt den läst'gen Mann
Zur Seite mir, ich bitt' Euch sehr darum!

Falieri.

Was gibt es da? Wie, trat er Dir zu nahe?
Du zitterst und bist bleich! So rede doch!

(Zu den Inquisitoren.)

Ei, seht mir an! muß ich mir selber helfen?
Der Fürst sich selbst? Wo sind die Wachen? wo?

(Zu Steno.)

Entfernt Euch augenblicks aus uns'rer Nähe!
Ihr weigert Euch? So lehr' ich Euch Gehorsam!
Herbei ihr Leute! führt den Herrn hinaus!

(Die Hellebardiere treten herzu und ergreifen Steno.)

Und daß er nie sich wieder blicken lasse
Hier in den fürstlichen Gemächern, noch
In uns'rem Haus bei Sanct Apostolo.

2*

(Steno wird abgeführt.)

Dem Zügellosen schaff' ich einen Zaum
Und lehr' ihm Furcht, (mit einem strengen Blick auf
die Inquisitoren)
ob mir auch Niemand hilft,
Ob selbst man den Vermessenen begünstige,
Ich schaff' uns Frieden und der Würde Achtung.

Lioni.

Wir hatten keinen Grund, uns einzumischen.

Falieri.

Wie, keinen Grund? Weil ich der Fürst etwa?

Lioni.

Ihr seht auch sonst nicht unsern Eifer gern.

Falieri.

In diesem Fall war er am rechten Platz.
Nehmt es als Mahnung an die Pflicht nur auf,
Statt mit dem Krieg befaßt Euch mit den Sitten —
(Seht, für Censoren hier ein großes Feld!
Das ist kein Stoff für Krieger, wie sie jetzt
Venedig braucht.) In Genua fürwahr
Steht es mit Zucht und Ehre nicht so schlimm;
Dem Herzog wäre dort mit heiler Haut
Er nicht entkommen! Lernen wir vom Feinde!

(Zu den Gästen.)

Die Störung thut uns leid um Euretwillen.

(Zu Annunziata.)

Er wagt heran sich nimmer! Fasse Muth!
Geleiten wir die Gäste nun hinein.

(Zu Badoer und den Räthen.)

Indeß versammelt euch zur Audienz.

(Entfernt sich mit den Gästen im Zuge in das Innere des
Palastes. Giovanni und Bertuccio bleiben zurück.)

Badoer.

Die fremden Boten nahen schon der Treppe.

Entfernt sich mit den Inquisitoren und Räthen nach rechts
hinter der Marcusfahne.)

Bertuccio.

Bemerktest Du, wie übel den Verweis
Dein Vater aufnahm, wie er biß die Lippen,
Der weitern Antwort nicht im Zorne fähig.
Verwünschter Zwischenfall! am Ende scheitert,
Was ich betrieb — auf Deine Kriegsbestallung
Am gleichen Tage das Verlobungsfest.

Giovanni.

Luigia würde nicht zu trösten sein.

(Pinola kommt zurück.)

Bertuccio.

Pinola, sieh', auch sie führt Sorge her.

Pinola.

Wird diesen Steno Keiner von Euch strafen,
Auch meinetwegen, da er Hohn mir sprach
In jedem Grutze? Wie, Bertuccio?
Um mich zu kreisen, war sein Vorwand nur,
Der Frevler hatte Anderes im Auge.
Die Mutter faßt es nicht in ihrer Sanftmuth.

Bertuccio.

Er ist gebrandmarkt. Schlimmer, als der Degen
Ihn treffen könnte, trifft ihn die Verbannung
Von diesem Ort. Das wär' im Reinen denn —
Ich denke an Giovanni und Luigia.

Pinola.

Du glaubst wohl, ich sei ihrer nicht gedenk?
Ei, Vetter, wähnst Du so kaltherzig mich?

Bertuccio (ihre Hand erfassend).

Nicht doch, ich weiß, wie treulich Du gesinnt,
Drum gib uns Deinen Rath, er thut uns Noth.

Pinola.

Was können wir, die Freunde, And'res thun,
Als uns in Eintracht den Entzweiten nah'n
Und sie vereinen durch vereinte Bitte?
Nun wohl, so haltet euch bereit dazu.
Sobald die Audienz im Saal zu Ende,

Erscheint ihr hier und tragt die Bitte vor.
Ich selbst, vom treuen Bertram unterrichtet,
Der späht von dort, erscheine mit Luigia,
Just wann im besten Gang die Unterredung.
Die Mutter endlich folgt, uns zu verstärken;
Auch sie verwendet sich für's liebe Paar.

Bertuccio.

Befolgen wir den Rath! Er leuchtet ein.

Giovanni (zu Pinola).

Wie Du das Glück uns gönnst, erkenn' ich froh.
(Tanzmusik im Innern des Palastes.)

Bertuccio.

Vertraue Deinen Freunden nur.

Giovanni (reicht ihm die Hand).

Ich thu's.

Bertuccio.

Doch horch, der Tanz beginnt.
(Bertram erscheint im Hintergrund.)

Pinola.

Man frägt nach uns!

(Sie entfernen sich nach den hintern Gemächer, nachdem sie
mit Bertram, der ihnen folgt, an der Thüre ein paar
Worte gewechselt. Steno tritt in einem langen, rothen

Mantel, eine Halbmaske vor dem Gesicht, spähend aus der
Thüre des Staatszimmers zur Linken.)

Steno.

Der Schimpf war groß, doch größer ist die Rache,
Ich schrieb auf einen Zettel, nur so klein
Als meine Hand, so viel der Schmähung nieder,
Als Galle triefen kann in ein Pasquill.
Der Grimm gab mir die Worte und den Reim:
„Der alte Doge hat ein junges Weib,
Er prunkt damit — zu Andrer Zeitvertreib."
Dieß schrieb ich und ich heftete das Blatt
Just über seinen Stuhl als munt're Glosse
Und Reiz zum Spott — ihm tödtliche Beschämung.
Um so vernichtender als wahr der Inhalt,
Was Ser. Giovanni mir quittiren könnte.
So treff' es ihn so tief, als Wunden geh'n,
Ich weide mich daran, sein Leid zu seh'n.
(Während er sich nach rechts durch die Colonnade entfernt,
tritt Falieri aus den Gemächern hinten hervor; nach einigen
Schritten hält er betroffen. Im Audienzzimmer nebenan
hört man plötzlich das Murmeln vieler Stimmen.)

Falieri.

Ist das nicht Steno, nun als Maske gar?
Nach Größe und Gestalt ist es kein And'rer.
Mißachtet er die Warnung so? Halt dort! —
                (Steno entfernt sich rasch.)
Er flieht! Was wollt' er hier? Ich merk' es mir,
Doch jetzt hinein, sie warten schon zu lange.

(Oeffnet die Thüre in das Zimmer zur Linken. Plötzliche
Stille darin. Pause. Falieri stürzt von Badoer rasch gefolgt
in großer Aufregung zurück. Bertram erscheint im Hinter=
grund. Die Tanzmusik in der Ferne währt fort.)

Falieri.

O grausam Brandmal, das mir nie erlöscht!
O Kränkung, mir für's Alter aufgespart,
Da sonst der Mann des Lebens Ehren sammelt.
O Schmach, gehäuft, ein Dasein zu erdrücken.

(Die Inquisitoren und Räthe treten hervor.)

Venetianisch Gift, ihr Herrn! Ein Bravo hat
Sich im Senat bewegt, gefällt den Dogen.

Badoer.

Ich selbst war im Gespräch mit den Gesandten
Dem Thron genaht, da sahen wir den Zettel
Daran geheftet, doch es war zu spät. —

(Bertram eilt in die Festsäle zurück.)

Falieri.

Sie sahen's! — Nein, sie wandten sich vor Scham,
Daß solches einem Fürsten kann begegnen,
Im Angesicht der ganzen Signoria.
Daß sein geheiligt Haupt, das allen sichtbar,
Dem Blasrohr eines Buben dient als Ziel,
Daß solch ein Auswürfling den Thron besudelt,
Daß solch ein Teufel wagen darf zu schlagen

Der Hoheit Bild, zu speien auf die Ehre,
Daß einer tugendreichen Dame Ruf,
Der mitverehrten Fürstin hoher Name,
Bescholten kann von einen Wüstling werden
Und allgemeines Lob ertränkt in Schmach.

Lioni.

Wir hatten keine Zeit es zu entfernen.

Falieri.

Sonst habt ihr immer eine schnelle Hand,
Doch dieser Bubenstreich ließ euch gelassen.

Gradenigo.

Wir sind der Sache fremd, das tröstet uns.

Falieri.

Doch wär' es euch gescheh'n, wie braustet ihr!

Cornaro.

Ihr nanntet selbst es einen Bubenstreich.

Falieri.

In diesem Sinne nicht, den ihr ihm borgt,
Der ist ein Bube, der es also nimmt!

(Bewegung unter den Inquisitoren; Bertuccio und Giovann
erscheinen im Hintergrund und nahen eilend.)

Lioni.

Nur Eure Würde schützt vor scharfer Antwort.

Badoer.

Es war kein Vorwurf gegen Einen hier,
Das Ungestüm nur riß den Fürsten fort.

Gradenigo.

Man weiß noch nicht einmal, wer es begiug.

Falieri.

Ihr fragt noch nach dem Thäter? Steno war's,
Ich sah ihn selbst, wie er den Saal verließ.

Pertuccio (zu Giovanni).

Nun hörst Du, Bertram hat es recht verstanden.

Falieri.

Er floh, als ich ihn rief, so feig als frech.

Badoer (zu Beiden).

Ein Dieb brach ein, ins Heiligthum des Staat's
Und stahl des Fürsten Ehre, Aller Kleinod.

Giovanni (zieht).

Ihm nach, das soll er mit dem Tode büßen!
(Luigia und Pinola erscheinen im Hintergrund.)

Lioni.

Halt, sag' ich Dir, nicht von der Stelle fort!

Giovanni.

Die Ehre ruft mich und ich folge ihr.

Cornaro.

Nur uns zu folgen, habt Ihr, uns allein.
Den Degen weg!

Giovanni.

Zurück, sonst seht Euch vor!

Lioni.

Halt, sag' ich Dir! als Inquisitor steh' ich
Und nicht als Vater jetzt vor Dir! —

(Giovanni neigt sein Haupt. Luigia fällt in Pinola's Arme.
Die Dogaressa erscheint im Hintergrunde und tritt besorgt
zu beiden Mädchen; ebenso versammeln sich die Gäste plötz=
lich rückwärts. Die Musik bricht jähe ab.)

Im Namen des Gesetzes fordr' ich Dir
Die Klinge ab.

(Giovanni besinnt sich einen Augenblick und übergibt dann
das Schwert.)

Auch schick' ich Dich in Haft,
Weil Du Dich widersetzlich uns gezeigt:
Das Weitere wird Dir eröffnet werden.

(Giovanni entfernt sich, Bertuccio eilt ihm nach.)

Falieri.

Als Fürst nun red' ich und ihr Alle horcht!
Die Zehn, der Rathshof, höher als ihr selbst,
Versammeln hier sich morgen Vormittag,
Zu richten über Steno, der sich schwer,
Ja beispiellos verging an Uns'rer Würde,
Wie an dem Ruf der anerkannten Fürstin,
Die Uns verbunden lebt in heiliger Ehe:
Zum Recht, das Alle schützt, nehm' ich die Zuflucht
Und ich erwarte Sühnung dieser Schmach,
Die euch so gut betrifft, wie mich und Jeden,
Der stolz sein eigen nennt ein theures Weib.
Denn wo das Laster straflos untergräbt
Die Pfeiler, drauf der Reiche Bau gegründet:
Der Gatten Treue und des Hauses Frieden,
Da beugt bestaunte Macht der nächste Sturm
Und was den Zeiten trotzte, sinkt in Trümmer!

Der Vorhang fällt.

Ende des I. Aktes.

Zweiter Akt.

I. Scene.

(Gemach im Hause des Dogen bei Sanct Apostolo mit
mehreren Thüren.)

Luigia und Pinola (sitzen im Gespräch beisammen.)

Luigia.

Noch immer keine Nachricht von Giovanni,
Wenn ihm nur nichts geschah!

Pinola.

Quäl' nicht Dein Herz,
Der Vetter fuhr mit Bertram zu ihm hin,
Der früher ja Lioni's Farben trug,
Drum, hätten sie ihm den Prozeß gemacht,
Wie Du Dir vorstellst, glaub', es wär' uns kund.

Luigia.

Ich weiß nicht, was mich in Gedanken peinigt,
Seit jüngst ich beim Sterndeuter heimlich war.
Vor einer Himmelskugel saß er da,

Vertieft in's große Buch; er nahm mich wahr,
Doch las er fort, bis er zuletzt mit Ernst
Die Hand mir nahm und alle Linien maß,
Die er, den Zirkel spannend, dort verglich.
Jetzt aber rief er mir durch's Sprachrohr zu,
Das nah er hielt zum Ohr, daß laut es scholl:
„Mein Kind, Du liebst und wirst geliebt in Treue,
Doch daß Dein Freund sich vor den Wellen scheue!"
Ich schrack zurück und zucke stets seitdem,
So oft ich eine Gondel sehe schwarz
Hingleiten wie ein Sarg durch den Kanal.
Wohl wünsch' ich Freiheit ihm, doch minder nicht,
Daß ihm erspart sei, in die See zu geh'n.

Pinola.

Sei keine Thörin, wir errathen nimmer
Der Zukunft Bild, nur Gott kennt sie allein.

(Bertuccio tritt auf, die Mädchen eilen ihm entgegen.)

Luigia.

O, sahst du ihn, befindet er sich wohl?

Pinola (seine Hand erfassend).

Aus Deinen Mienen les' ich gute Botschaft.

Bertuccio.

So ist es. Schon beschloß der Rath — Doch wird
Ertragen sie das Glück?

Pinola.

Sie braucht den Trost.

(Luigia weint.)

Bertuccio.

Er kommt ihr voll, denn wißt: der Rath beschloß,
Sich zu enthalten weiterer Verfolgung
Und in die Freiheit —

Luigia.

Ach!

Bertuccio.

Zu setzen ihn. —

(Luigia wird von Pinola zu einem Stuhle geführt.)

Pinola.

Sie lacht und weint zugleich und dankt Dir stumm.

Bertuccio.

Noch theilt' ich erst des Glückes Hälfte mit,
Denn mehr der Gunst erwiesen ihm die Richter.
Man will ihm das Commando nicht verkürzen:
Er darf zur See —

(Luigia fährt zusammen und starrt vor sich hin.)

Was ist ihr? Sie entfärbt sich.

Pinola.

Ein kleiner Schrecken nur, die Schwester glaubt,
Es müsse ihm zu Schiff ein Leid gescheh'n.

Pertuccio.

Jed' Leid kann uns begegnen überall,
Zu Land, wie auf den Wellen.

(Giovanni tritt ein und eilt auf Luigia zu.)

Luigia.

Hilf, Madonna!

Giovanni.

Was fehlt ihr?

Pertuccio.

All zu schnelle folgtest Du.

Giovanni.

Ich konnte länger an der Thür nicht warten.

(Zu Luigia.)

Gewinne Fassung, nichts geschah mir ja.

Pinola (für sich).

Seltsam, wie auf ein Zeichen trat er ein!

Giovanni (zu Luigia scherzend).

Du blickst mich an, als wär' ich es nicht mehr,
Hat mich die Eine Nacht so sehr verändert?

Luigia (ihn umfassend).

O nein, Du bist wie gestern, holder nur.
Doch wie ein Schatten schwebt etwas um Dich:
Bewölkt im Licht des Tages stehst Du da.

3

Giovanni (scherzend).

Das glaub' ich wohl, wenn man durch Thränen sieht.

Luigia.

Erheitern könnte mich ein einzig Wort, —
O, sprich es aus!

Giovanni.

Laß' hören Deinen Wunsch.

Luigia (ihn liebkosend).

Giovanni, bleibe hier! Geh' nicht zu Schiffe!

Giovanni.

Die Furcht will ich Dir nehmen, liebes Närrchen.

(Sie setzen sich und reden zusammen.)

Pinola (zu Bertuccio).

Der Vater sollte Rache dafür nehmen.

Bertuccio.

Laß gut sein, er vergißt es ihnen nicht.

(Annunziata tritt ein.)

Annunziata.

Ich hörte seine Stimme, Gott sei Lob!
Wie wünsch' ich Glück dazu!

Pertuccio.

Begütigt sind
Die Heimlichen, der Unfall hat ein Ende.

Annunziata.

O wär' mein Herr, der Doge, auch begütigt!
Ob ich auch nichts vom ganzen Zwist errathe,
Ich fürchte doch, es wurzelt tief bei ihm!

(Badoer tritt ein.)

Badoer.

Komm' ich zu früh?

Annunziata.

Ihr seid uns stets erwünscht.

(Sie eilt ihm entgegen.)

Badoer.

Was macht der Doge?

Annunziata.

Das ist sehr bedenklich,
Ich kenne meinen lieben Herrn nicht mehr.
Schon auf dem Wege vom Palast zurück
(Ihr wißt, wie bald es war, da mit dem Lärm
Der Tanz zerstob) schien mir sein Ernst gar groß
Und ach, vom unberührten Mahle weg
Schloß er sich bald in dieses Zimmer ein,

3*

(Sie deutet auf eine Thüre.)

Wo er noch weilt, beschäftigt mit sich selbst.
O rathet mir, was ihn erheitern kann:
Ihr kennt ihn lange schon, ich aber bin
In diesen Dingen neu und unerfahren.

Padoer (ihre Hand erfassend).

Beruhige Dich, es setzt sich bald in's Gleiche.

(Vor das abseits sitzende Paar tretend.)

Nun, diesesmal ist es noch gut gegangen,
Doch nehmt die Warnung Euch zu Herzen auch:
Ich hatte Müh' genug, im Rath zu siegen
Und wißt auch dieß: die Haft ward Euch erlassen,
Doch nur, weil man Euch ansah die Ergebung
In Eures Vaters Hand, die Euch entwaffnet.

Giovanni (der lange vor Erregung kein Wort findet).

Luigia, glaube nicht, daß ich Dieß that,
Daß ich der Drohung mich im Muth verarmt,
Dieß that ich nicht, Bertuccio ist mein Zeuge!

Bertuccio.

Wer denkt das auch?

Giovanni.

      Dem Vater nicht als Sohn,
So sehr ich sonst ihm auch Gehorsam schulde,
Dem Inquisitor unterwarf ich mich.

Padoer.

Wer hat denn And'res auch von Euch behauptet?
Sind denn nur Schmeichler Freunde?

Luigia (Giovanni umklammernd).

Setzt ihm nicht
Auf's Neue zu!

Annunziata (bittend).

Laßt es vorüber sein!

Pinola.

Still! Dort die Thüre geht!
(Falieri tritt aus der Seitenthüre.)

Annunziata.

O seht, wie blaß!

Falieri.

Was ist die Uhr?

Padoer.

Es ist noch früher Morgen.

Falieri.

Ist das Gericht versammelt?

Padoer.

Wohl, es tagt.

Falieri.

So laßt uns hingeh'n.

Padoer.

Deßhalb kam ich eben.

Falieri (umherblickend).

Die Dogaressa und ihr alle hier?

Annunziata.

Um Euer Wohlbefinden trug ich Sorge.

Falieri.

Ich schlief nicht viel, doch das ist nun vorbei.
Und Du?

Annunziata.

Ich habe nichts zu klagen selbst,
Doch Euch hat Bett und Schlaf gefehlt.

Falieri (für sich).

Wie gut
(Laut) Ich bin gewohnt, das Lager zu entbehren.

Annunziata.

Dieß dürft Ihr nimmermehr, versprecht es mir,
Es hieße sonst, daß ich Euch übel warte.

Falieri.

Du bist die Fürstin ja.

Annunziata.

O lieber Herr,
Ihr wart verehrt lang eh' ich Fürstin hieß.

Falieri (für sich).

Und solch Juwel sollt' ich zertreten lassen?

Annunziata.

Giovanni naht Euch mit Luigia dort,
Sie sind besorgt.

Falieri (zu Badoer).

Wer sprach mit Ihr?

Badoer.

Niemand;
Sie weiß nur von dem Streite, was sie sah.

Falieri (auf Giovanni zeigend).

Wie kommt er her?

Badoer.

Der Freispruch ist erfolgt,
Doch Er scheint mit dem Ausgang nicht zufrieden.

· Falieri.

Ich will Dir sagen, was es mit Dir ist:
Du hast kein Zutrau'n zu Venedigs Richtern,
Doch irrst Du, dieß Palladium der Freiheit
Seit Attila's nun halb vergeß'nen Tagen,
Dieß schon fast tausendjährige Meerasyl
Es steht gegründet auf Gerechtigkeit.
Noch wankt die Säule nicht, nur Du, das Wirrsal
Des Augenblicks vor Dir, hältst sie erschüttert,
Daher Dein Zorn, der fort Dich riß zur Rache,
Die, ob auch reinem Quell entsprungen selbst,
Doch trüb, voll Schlamm ist an der Mündung Ende.
Denn wo Beleidigung sich selbst beschützt,
Sinkt hin das Recht, auf das sie sich gestützt.

Giovanni.

Ich sah im Fürsten Alle angegriffen.

Falieri.

Der Fürst hat Mittel, glaub' mir, sich zu wehren.
Geh' hin zu Deinem Vater, danke ihm.

Giovanni.

Ich kann nicht; ungerecht war die Verhaftung.

Falieri.

Wie? ungerecht nach solchem off'nen Trotz?
Das will ein Krieger sein, der droht den Obern!

Was sagtest Du, wenn ein Matrose sich
An Bord auflehnte, sowie Du gethan
Und so mit den Artikeln triebe Spott?
Aufhängen ließest Du den Meuterer
Am höchsten Mast, ein Gastmahl für die Vögel.
Jedoch der Bootsmann zischelte von Dir:
„Er trieb es auf der Rhede ebenso."

(Giovanni wendet sich beschämt von Luigia und entfernt sich
während der nachfolgenden Worte nach der Thüre).

Er geht getroffen! Halt und kehr' zurück!
Komm' her, Luigia, komm' zu Deinem Vater!

(Zu Giovanni.)

Im schwersten Kampf gewannest Du den Sieg,
Im Kampfe gegen Dich! Wohlan, mein Theurer,
Empfang' den Lohn dafür, reich' ihr die Hand,

(Führt ihm Luigia zu.)

Mög' Euch vereinen bald der Ehe Band!

Giovanni.

O wunderbares Glück, ich faß' es kaum!

Luigia.

Ach, ist es wahr, und nicht ein bloßer Traum?
Läßt sich das strenge Schicksal doch bewegen?

Giovanni.

Nun fehlt uns nur noch meines Vaters Segen!

Falieri.

Es bleibe ein Geheimniß noch vor ihm,
Bis wir uns erst im Uebrigen verständigt.
Jetzt eile heim und such' ihn zu versöhnen.
Geleitet ihn hinab. (Ihnen nachblickend.)
        Da hat es sich erhellt,
    (Alle ab, bis auf Falieri und Badoer.)
Doch über mir die Wolken stehen still. —
Getreuer, einziger Freund, den ich besitze,
An Jahren ärmer, doch voraus an Weisheit,
Ich sann die ganze Nacht und jetzt am Morgen
Weiß ich noch nicht, wie ich es tragen soll.

Badoer.

Da Du die Waage stellst in meine Hand,
So sag' ich dieß: ein Schimpf, gelöscht nach Fug
Ist nimmer da, kein Merkmal bleibt zurück.
Wie für Giovanni gilt dieß auch für Dich:
Du wirst zufrieden, hoffe auf den Spruch!

Falieri.

Du weißt, ich trage diesen zweiten Ring
Nicht als ein Thor der Sinne, denn Du selbst,
Ihr Vormund und mein Freund, beriethest mich.

Badoer.

Den Ehestifter nenn' ich mich mit Stolz.

Falieri.

Da sie am alternden Falieri hing,
Lag die Entscheidung ganz allein bei Dir.

Badoer.

Und glücklich fiel sie aus; hört' ich doch stets
Sie preisen ihr Geschick, daß solchem Manne
Sie ward vermählt.

Falieri.

   Der Vorwurf schwieg zuletzt,
Den ich mir machte, sah ich sie im Kreis
Werbfäh'ger Jugend, die Erinn'rung selbst,
Daß sie, ob flüchtig auch, war zugethan
Zuvor des Mocenigo Heldensohne,
Wie sie mir selbst gestand, stieg nimmer auf;
Doch diese Nacht erstand er aus dem Grabe
Und wechselsweise sah ich ihn und Steno.

Badoer.

Um Jenen laß' die Sorge ruh'n! Die Todten
Verwirren nichts mehr bei den Lebenden.
Sie trägt sein Bild in sich, o laß es ihr
Und tritt mit Offenheit auch ihr entgegen.

Falieri.

Das will ich thun. (Ergreift Badoers Hand.)
   Ja, ich verspreche Dir,
Wie ich seither vor ihr geheim nichts hielt,
So soll sie wissen, was sich hat ereignet.
Ruf' sie herein!

Padoer.

Noch ist sie wohl nicht weit. —
Wir seh'n uns nachher im Palaste wieder. (Ab.)

Falieri.

Der Freund hat Recht: Ich hoffe auf den Spruch. —
Wie grübelte ich thöricht! Leicht und einfach
Löst sich das ganze Truggewebe auf,
In das mich Selbstqual friedlos eingesponnen.
Ja, so ist's gut, wohlan, sie sehe sich
Im Spiegel meiner Offenheit so klar
Wie ich in ihrem mich bisher betrachtet.

Annunziata (eintretend).

Ihr rieft nach mir —

Falieri.

Annunziata, höre,
Wenn Du vernommen hättest, ich sei todt —

Annunziata.

Ihr mir geraubt, o wie erschreckt es mich!
Mein fürstlicher Gemahl, fühlt Ihr Euch unwohl?
O, laßt mich nach dem Arzte schicken gleich,
Es ist nicht gut, wenn man zu lange säumt.

Falieri.

Ich setze nur den Fall, ich wär' gestorben —

Annunziata.

Man soll nicht scherzen mit so ernsten Dingen,
So hört' ich immer — seid Ihr wirklich wohl?

Falieri (für sich).

So engelgleichen Sinn betrübt ein Schatte! —
(Laut.) Bekenne nochmals, würdest Du in Wahrheit
Nach meinem Tod, wie Du mir jüngst versichert,
Die Hand ausschlagen jedem andern Mann?
Antworte drauf!

Annunziata.

       Ihr fragt nur Trauriges;
Ihr träumtet wohl in keinem guten Schlaf,
Das Haupt zu rauh gestützt, so böse Dinge.

Falieri.

Sie ist ein Kind — (Laut.) Bleibst Du dabei?

Annunziata.

Vermöcht ich Einen noch nach Euch zu lieben?
In Keinem fänd' ich Eure Mild' und Stärke.
Doch weßhalb fragt Ihr so?

Falieri.

       Vernimm den Grund
Ein Bube, grausam, wie es Bubenart,
Beschimpfte Deinen gold'nen Frauenruf;
Er nennt Dich eine Ehebrecherin
Und dichtet' drauf, was ihm ein Teufel eingab.

Annunziata.

Vergeb' ihm Gott! mehr kann ich nicht erwiedern.

Falieri.

Ich aber sage: sterben muß der Wicht!

Annunziata.

Wie heißt der Feind? Ich that doch Keinem Böses.

Falieri.

Der schnöde Steno, der Dich gestern anstieß
Und überfallend zwang zum Hilferuf,
Er hat die Myrthe, wie das Diadem
An Dir vernuehrt, offen vor Venedig.

Annunziata.

Woher sein Haß? Ich wehrte ihn nur ab.

Falieri.

Das eben bracht' ihn auf, doch schütz' ich Dich
Und räche Dich, ich schwör' es laut vor Gott!
Hast Du besondern Auftrag an die Richter,
So sag' ihn schnell.

Annunziata.

       Vergebt ihm seine Tücke:
Die Böses thun, sind elend schon genug.

Falieri.

Du fä'st auf Stein das Samenkorn der Gnade,
Was hier nothwendig ist, weiß ich allein;
Als mich Dein Vater in sein Zelt berief,
Kurz eh' er starb, vom grimmen Morbassan
Vor Smyrna's Palmen fechtend hingestreckt,
Da band er herzlich auf die Seele mir,
Daheim zu wachen über Deinem Lenze.
Ich schwur es ihm und hielt es ihm auch Wort,
Daß, wenn er niederblickt aus jener Welt,
Er danken muß dem Freunde, ward mir auch
Bei solcher Tugend mein Geschäft nicht schwer:
Die Blume unversehrt im Garten prangte,
Kein Mackel und kein Stäubchen kam an sie,
Jetzt thronst Du als mein Weib. Da naht ein
                                         Finger
Und will vergiften all' den süßen Duft
Und will zerpflücken all die schneeigen Blätter —
Nein, alter Freund dort oben, nein ich wache,
Und blutig räch' ich Dich und mich zugleich. (Ab.)

Annunziata.

Ich könnt' mich fragen, ob ich wohl gethan
Dem Frevelnden zu strafen seinen Muth
Anstatt ihn zu ertragen, bis er schwieg;
Doch weiß es Gott, wenn ich zuweit gegangen,
Ich that es nur zu Liebe meinem Gatten,

Der sich als starker Held in seinem Ruhm
Voll Huld herabgebeugt zu mir der Schwachen,
Die solch nachsicht'ger Wahl nicht würdig war.
Erhalt' der Himmel ihn mir lange noch,
Er ist der edle Stamm, an dem ich ranke,
Was ich bedeute, bin ich nur durch ihn,
In dem ich alles Glück des Lebens finde,
Nun Schutz der Gattin wie zuvor dem Kinde.

Verwandlung.

2. Scene.

(Im Dogenpalast der fürstliche Empfangssaal; über dem
Throne das venetianische Wappen. Den Hintergrund schließt
ein hohes, weites Portal ab, das nach der Krönungstreppe
führt.)

(Badoer und der Castellan treten auf.)

Badoer.

Die Zehn nicht mehr beisammen?

Castellan.

Nein, die Klage
Ward an die Vierziger hinabgeschickt,
Da dauert es gewöhnlich nicht zu lange.

Badoer (für sich).

Was wird Falieri zu der Wendung sagen?

(Falieri tritt auf).

Falieri.

Nun, währt die Sitzung immer noch?

Dadoer (zum Castellan).

Schon gut.

(Der Castellan ab).

Bereite Dich, Befremdliches zu hören.

Falieri.

Macht sie der beispiellose Fall betroffen?

Dadoer.

Die Klage ging an die Quarantia.

Falieri.

Was hat damit zu schaffen dieß Gericht,
Das bürgerliche Streitigkeiten schlichtet,
Doch nicht den Fall verletzter Majestät:
Ich will nicht hoffen, daß man mich verhöhnt!

(Der Castellan kommt zurück).

Wer stört uns jetzt?

Castellan.

Es sind die strengen Herrn.

Falieri (den Thron besteigend).

Mach' ihnen kund, der Fürst empfange sie.

(Der Castellan ab, die drei Inquisitoren treten ein.)

Lioni.

Geruht, daß wir den Wahrspruch Euch eröffnen.

Falieri.

Von wem erging er?

Lioni.

Von den Vierzigern,
Die einzig hier zuständig.

Falieri.

Zur Sentenz!

Lioni (liest).

„Im Namen von Venedig's Signoria!
Der Edle Steno ist des Unrecht's schuldig,
Begangen am Herrn Dogen im Palast,
Durch öffentliche Kränkung seiner Ehre.
Doch weil wir seine Jugend angeseh'n,
Die ihm die Folgen seiner That verschloß,
Desgleichen, weil verbürgter Maskenfreiheit
Ein Theil zukommt am unbedachten Spotte
Und endlich, weil ihn fortriß höchster Zorn,
Vorangegang'ner Reizung Frucht und Folge:
Aus diesem Grunde wird der Vorgeführte
Verurtheilt zu einjähriger Verbannung
Nach Negroponte!" — Dieses die Sentenz.

Falieri.

Verbannung auf ein Jahr! Haha, ein Jahr!
Warum nicht lieber mit dem Fuchsschwanz ihm
Versetzen Ein's und ihn dann laufen lassen?
Ja, die Gerechtigkeit hat weite Aermel!

(Die Inquisitoren reden untereinander; Falieri springt auf.)

Ihr milden Herrn, hört Ihr den Dogen nicht?
Bin ich Pantaleon anstatt der Fürst,
Ein muntres Spielzeug für die großen Kinder,
Ein Puppenstiel und drum so aufgeputzt,
Chimärisch Staatshaupt, durch die Mütze nur
Von Allen unterschieden? Nun, da nehmt

(er reißt die Herzogsmütze sich ab.)

Den eitlen Lappen auch, den Schein der Macht.

Dadoer (zu Falieri).

Du rasest! Laß Dich bitten!

Falieri.

                                  Fort damit
Ich will der Fürst nicht sein, wo er verachtet!

Lioni.

Es liegt an uns nicht, wenn es dazu kommt!

Falieri.

Ha, dieser Ton ist unerhört am Throne.

4*

Lioni.

Wir sind auch ohne Thron des Rechtes Hüter.

Falieri.

Des Rechts Verbieter nennt ihr besser Euch.
Hätt' ich Soldaten hier, ich ließ' euch greifen.

Badoer.

Mein Gott, bemeistre Dich —

(Zu den Inquisitoren.)

Der Herzog, von Erregung übermannt,
Bedarf der Ruhe.

(Die Inquisitoren verlassen nach einer förmlichen Verbeugung
den Saal.)

(Nimm Platz und hör' mich an!

Falieri.

Nein, führ' mich weg von diesem ekeln Thron,
Den ich den Spinnen überlasse gern,
Wenn auch nicht Einem unter diesen Schleichern,
Die unter mich zu treten Lust mir wäre.

Badoer.

Laß nicht im Herzen Dir Gedanken keimen
Von solcher Art.)

Falieri

(steigt vom Thron herab, Badoer's Hand ergreifend).

O Freund, ich bin ein alter Kriegsmann, rauh
Und ungeschlacht, doch ist mein Herz gesund
Und warm. Wohlthat verwahr' ich, wie Verletzung.
Venedig kennt mich nicht, ich bin entschlossen,
Zwingt man mich zur Gewalt, so greif' ich durch
Und müßt' ich röthen die Lagunen rings
Mit Blut.

Badoer (für sich.)

Ich will die Drohung nimmer weiter hören.

(Bertuccio tritt auf).

Sieh', ob Du seinen Gram besänft'gen kannst. (Ab.)

Bertuccio.

Mein Oheim!

Falieri.

Was bringst Du, sprich Bertuccio?
Welch' neuen Stich ersann man?

Bertuccio.

Wo beginn' ich?
Giovanni war der Tolle von uns Beiden
Und ich der Ruhige. Nun kehrt sich's um;
Denn solcher Spott gerufen und gezischt

Von Gondel zum Balkon und umgekehrt,
Solch' schallend Händeklatschen und Gelächter,
Trieb einem Kältern auch das Blut zur Schläfe: —
Wir sind verhöhnt in beispielloser Art.

Falieri.

Ha!

Pertuccio.

Die ganze Stadt durchlief die Nachricht schon
Vom milden Spruch, den Steno durft' erwarten.

Falieri.

Der Spruch war Spiel und Alles abgekartet!

Pertuccio.

Bis zu den Inseln drang es schon hinaus:
Kein Venetianer spricht von And'rem mehr.

Falieri.

Die Wölfe haben mehr Gefühl als sie!
Und nicht ein Einziger hat mich beklagt?

Pertuccio.

Genug im Volke, vom zerlumpten Fischer
Und Wasserträger riefen Alle mir
Ihr Mitleid nach und Flüche wider Steno.

Falieri.

Nenn' ihn nicht mehr, er lebt nicht mehr für mich,
Ich kenne keinen Steno, haß' auch keinen,
Ich kenne nur Venedig's Signorie
Und hasse sie so tief, als Haß vermag.
Doch lasse mich allein, ich brauch' der Ruhe.

(Bertuccio ab).

Hat größ're Schmach betroffen einen Fürsten?
Seit ich ein Kind war, weint' ich nimmermehr,
Heut' wein' ich wieder.
So wendet sich die Bahn des Ruhms in Schande. —
(Wie? Dazu dient' ich dieser Republik
Seit beinah' vierzig Jahren, ruhelos
Daheim und auf dem Schauplatz ferner Kämpfe
Empfing ich Wunden und vergoß mein Blut,
Erlitt im kalten Zelt die Winternacht,
Bestand Gefahr im Krieg und Schlachtensturm,
Entrann dem Schiffbruch und Corsarenfang?
Dafür nahm ich auf mich den Sorgenberg,
Daß ich zur Grube fahren soll, entehrt
Vor denen, die sich meiner Thaten freuen
Im siechen Schooß der Wollust und der Ruhe!)
Entsetzung hätte nicht so weh' gethan,
Ja hätten sie geblendet mich, wie fünf
Vorgängern es geschah von dieser Rotte,
Durchbohrt des Auges Stern und ausgebrannt,
Es wär' mir Wohlthat, säh' ich doch nicht mehr
Dieß Throngezelt mit seinem falschen Purpur.

Da stands mit klarer Schrift vor meinen Augen:
„Der alte Doge hat ein junges Weib,
Er prunkt damit zu Andrer Zeitvertreib.“

(Der Inquisitor Cornaro tritt auf, ihm folgen der
Edle Dandolo und der Arsenalmeister Israel mit mehreren
Arsenaloten in der Arbeitstracht; zuletzt Bertuccio und
Einige von der Wache.)

Falieri (sich fassend).

Was bringt mir ungemeldeten Besuch?

Cornaro.

Der Flotte Genua's bedarf es nimmer:
Venedig hat den Krieg im eig'nen Schooß
   (auf Israel zeigend, der sich auf's Knie niederläßt.)
Hier dieser Kriegsmann, Euch nur untergeben,
Wie er sich rühmt, möcht' mit des Schwertes
                            Spitze
Umstoßen Ordnung und Gerechtigkeit.

Falieri.

Was gab's? (setzt sich auf den Thron.)

Cornaro.

Vernehmt den edlen Dandolo.

Falieri.

Sprecht!

Dandolo.

Frisch vom Zaune brach er ab den Zank,
Als ich den Morgen trat in's Arsenal.
Ich streite mich nicht lang herum, ein Schlag
War Antwort auf sein unverschämt' Betragen.
Drauf schrie er Rache und ein wüster Schwarm
Drang aus der Esse; ich entwich hieher,
Doch sie verfolgten mich mit Wuthgeschrei,
Bis das Gericht dem Lärm ein End' gemacht.

Falieri.

Steh' auf, ich kenn dich wohl, Sor Isarel,
Du trugst Sanct Markus' Fahne mir beim Ein=
                                              zug
Und lenktest mir den gold'nen Bucentaur.
Es war ein Tag von schlimmer Vorbedeutung;
Hart schon am Strand erhob sich uns ein Nebel,
So liefen wir dort bei den Säulen an,
Wo schon seit alter Zeit die Richtstatt ist. —
Doch noch erfuhr ich nicht des Streites Anlaß,
Nimm Du das Wort zu kurzer Rede nun.

Isarel.

Ich hab' ein Weib, von dem ich schwören kann,
Daß es mir treu —

Falieri.

Und diese?

Isarel.

Sie beschlich
Hier dieser Wüstling, allgefürchtet rings;
Ich sei ein niederer Mann, so dacht' er sich,
Und müßt's ertragen als die Plage Vieler,
Zumal er auch mein Oberer im Amte,
Doch ich, auf meines Weibes Angstruf setze
Ihn etwas unsanft wohl vor meine Thür.
Drauf hing er mir ein Schmähbild vor das Haus,
Und heute, als er in das Zeughaus kam,
Ein Werkzeug, das mir nöthig, abzufordern
(Hier diese Zeugen sahen es mit an)
Und ich ihn abwies, schlug er mir in's Auge,
Daß Blut mir floß.

Falieri.

Man sieht des Ringes Spur.

Isarel.

Doch jetzt entwich er und es war sein Glück!

Falieri (für sich.)

Die Sinnenlust ist groß in den Lagunen!

(Laut mit verstelltem Ernste).

Wie unterstehst du dich zu falscher Nothwehr,
Beleidigst einen solchen Edelmann?
Wozu besitzt Venedig seine Richter?
Wem Leid geschieht, der klag' es ihrem Ohr,
Dieß merk' und steif' dich auf den Kriegsmann
nimmer
Bei schwerer Ahndung und bei Unserm Zorne!
Jetzt gehe, da du unsern Spruch vernommen.

(Auf Falieri's Wink entfernen sich Israel und die Arsenaloten.)

Mehr konnt' ich nicht in dieser Sache thun.

(Cornaro entfernt sich mit Dandolo und der Wache durch
eine andere Thüre.)

Falieri (zu Bertuccio).

Geh, ruf den Mann zurück, doch ihn allein.

(Bertuccio ab.)

Falieri.

O Höllenschlund, dein Krater ist Venedig!
Was er mir klagte, ist mein eig'nes Leid,
Nur hundertmal geringer, als das meine.
Er ist ein Bürger bloß, ich bin der Fürst,
Mein Name hochberühmt, der seine dunkel;
Ihm wird auf dem Rialto nachgespottet,

Mir in der ganzen weiten Christenheit.
Und doch, betracht' ich sein so groß' Erscheinen,
So dünkt es mir ein Ruf vom Schicksal fast.

(Bertuccio bringt Israel zurück.)

Falieri (sich ihm nahend).

Komm' näher nur und sei mir nicht verzagt.
Du bist Soldat, hast du auch Narben wohl?

Israel.
(Die Brust öffnend, trotzig.)

Mein Fürst, genug, seht her, die Brust ist voll, —
Die stammt von Porto=longo, die von Zara,
Wo ich gefochten unter Eurer Führung,
Die schlug mir Genua, der Türke die
Und die der Ungar, doch Ihr seht auch, Wunden,
Die nicht entstellen, trägt mein Angesicht,
Ich hab' sie überall, (auf den Rücken zeigend),
nur keine hier.

Falieri (im Flüstertone.)

Neig' dich zu mir, ich will Dir etwas sagen.
Vorhin mit Ueberlegung täuschend Jene,
Sprach nur mein Mund, jetzt spricht mein Herz,
merk' auf!
Wie, suchst du Sühnung deiner Schmach bei mir,

Den gleiche Schmach, ja größere betraf,
Bei mir dem Fürsten, den man straflos höhnt,
Gleich einem Knecht, der Achtung nicht verdient?

(Pause, während welcher er das Gesicht Isarel's forschend
anblickt.)

Gerechtigkeit suchst du vergeblich hier;
Eh'r fischtest Du den goldnen Dogenring,
Womit ich mich getraut der Adria,
Als daß Du fändest hier Dein gutes Recht.
Sanct Marcus weiß, in einer Fischermütze
Wohnt mehr der Macht, als in der meinen hier.

Isarel.

Was aber sollte dann ein Christ noch thun?

Falieri.

Pack' Deinen Peiniger, reiß' ihn in Stücke,
Und kühle deinen Haß, wenn er so heiß.

Isarel (wuthlachend).

Der Rath ist nach dem Herzen, gnäd'ger Fürst.
Man sagt im Volk und wahr, die Kette ist
Für biss'ge Hunde, wollen sie nicht dran,
So schlägt man sie mit Knitteln auf den Kopf.

Falieri.

Sprich offen fort! (Auf Bertuccio zeigend.)
Der Zeuge ist verschwiegen,

Wie ich es bin.

Israel.

Ich hätt' den Muth zu Allem.

Falieri.

Das glaub' ich dir, doch du allein bist hilflos.

Israel.

O Herr, ich steh nicht einzeln, Hunderte
Sind gleichgesinnt wie ich, bedrückt, wie ich,
Und gleich wie ich mißhandelt.

Falieri.

Doch Gewalt,
Du weißt, wird mit Gewalt vertrieben nur
Und eure Dränger pochen auf die Macht,
Die Strang und Kerker stützt.

Israel.

Herr, in Venedig
Liegt kein Soldat, der Adel duldet keinen.
Wir hätten bald wohl freie Bahn gemacht.

Falieri.

Die Fäuste hättet ihr, Arsenaloten!

Israel:

Wär' Euer Wille uns im Wege nicht,
Wir tränkten es dem Dandolo schon ein.

Falieri.

Doch er ist schlechter nicht, als alle andern.

Israel.

Sanct Marcus weiß, daß dieß die Wahrheit ist.
So hielten wir Gericht mit Allen, Herr,
Und schüttelten im Sieb sie miteinander:
Der Weizen aus der Spreu wär' bald gesondert.

Falieri.

Du sprichst mit Einsicht, muß ich dir gesteh'n.

Israel.

Wenn Ihr das Sieb gar selber wolltet fegen,
Ihr fändet alle auf der Tenne uns
Und mich voran mit meinem ganzen Anhang.

Falieri.

Man könnt' es ja abmachen mit den Dreschern. —
Komm' diese Nacht zur Kirche Sankt Paolo
Und bringe ein'ge von den Grimm'sten mit.
Doch, hörst du, solche, welche wohl verschwiegen,
Auch offenbare Keinem, wer euch lud.
Dort hörst du mehr.

Isarel.

Ich komme, Herr, gewiß
Und bring' die Rechten mit, das schwör' ich Euch.

Falieri.

Doch Vorsicht, hast du mich gehört? Nun gut.

(Auf seinen Wink entfernt sich Isarel.)

Was sagst du zu dem Manne?

Bertuccio.

Daß Gott ihn sandte.

Falieri.

Folg' ihm und forsche, ob sein Wille standhaft.

(Bertuccio ab.)

Sein Blick sprach noch treuherz'ger als sein Mund,
Auch ist's nicht denkbar, daß sie ihn bestochen;
Das wundgeschlag'ne Aug' beweist den Ernst;
Doch selbst, wenn ich in ihm mich arg betrog,
So war kein fremder Zeuge zwischen uns,
Und ganz unglaublich klänge sein Bericht.

(Pause.)

Entschlossen bin ich, ja, ich räche mich.

(An den Rand der Bühne tretend.)

Ich schließ' das Bündniß mit der armen Unschuld,
Da ihren Anwalt mir der Himmel sandte
In diesem biedern, hartbedrängten Mann —

Und so gestützt auf doppelt starkes Recht
Erheb' ich mich zum Schrecken dieser Stadt,
Das von der Noth geschweißte Schwert in Händen
Und reiß' das Aug' ihr aus, das Alle ärgert.

Der Vorhang fällt.

Ende des II. Aktes.

———————

Dritter Akt.

(Das Berathungszimmer der drei Staatsinquisitoren im
Markuspalaste, schwarz ausgeschlagen und mit Teppichen
belegt; in der Wand befindet sich eine geheime Thüre. Im
Hintergrund des Gemaches sitzen um einen von Kerzen er=
hellten Tisch in Armstühlen Lioni, Cornaro und
Gradenigo. Ersterer öffnet Briefe und liest sie, zugleich
dem Gespräche folgend.)

Lioni.

(Fahrt beide fort, ich höre achtsam zu.

Cornaro.

Er hat im Angesicht der Signoria
Das Ansehn uns'rer Körperschaft verletzt;
Wenn wir ein Aug' zudrücken, geht er weiter.

Gradenigo.

Die Sprache, die er wider uns geführt
In unbezähmten Worten bitt'ren Hohn's, —
Ich finde keinen Namen für die Stirne.

Cornaro.

Es ist ihm nicht gedenk mehr, wer wir sind,
Der Schlußstein an der Wölbung dieses Staates,

Der nicht gerückt darf werden, ohne gleich
Den Bau im Fundamente zu erschüttern.

Gradenigo.

Es ist die höchste Zeit, ihm Ernst zu zeigen.

Cornaro.

Er macht beim Volke stets beliebter sich
Und schon gewinnt er Fühlung mit der Menge,
Wie glimpflich ließ er Isarel entschlüpfen!

Gradenigo.

Es fehlte wenig und er gab ihm Recht.

Cornaro.

Die Natter schwillt und endlich sticht sie uns.

Gradenigo.

Er ließ durchblicken, was er mit uns vor hat,
Wenn er der Kriegsmacht erst versichert ist.

Cornaro.

Gewiß hat sich da schon was angesponnen.

Gradenigo.

Wohl auf der Hut zu sein, heischt hier die Pflicht.
Wir sind befugt, zu jeder Zeit und Stunde
Ihn zu besuchen, selbst in tiefer Nacht

5 *

Zu dringen bis an seine Ruhestatt
Und Alles zu erbrechen ohne Ausnahm',
Was unterm Siegel liegt im Cabinet.
So machen wir Gebrauch von unsern Waffen.

Cornaro.

Ich stimme auch für scharfe Wachsamkeit —)
Lioni, weßhalb schweigt Ihr immer noch?

Lioni.

Weil ich das Ziel, doch nicht die Mittel bill'ge.
Heißt sonst auch immer unsere Maxime:
Zur Strafe eilen, eh' die Schuld erwiesen —
Hier ist zu warten nicht verlor'ne Zeit.

Gradenigo.

Schlagt And'res vor!

Cornaro.

Begründet Eure Ansicht.

Lioni.

Weil wir den Angriff sicher müssen führen.
Er ist doch immerhin das Haupt des Staates,
Und Aufseh'n auch im Ausland wär' die Folge
Von jedem Schritt des Richters wider ihn:
Drum sei der erste auch der letzte Schritt.

(Gradenigo.

Doch, wenn er unterdeß sich Anhang wirbt?

Cornaro.

Und nach dem Lido selbst die Flotte führt?

Lioni.

Er soll den Fuß nicht aus Venedig setzen,
So wollen wir beschäftigen ihn bald.
Doch davon mehr sogleich. Wie heut' es steht,
Vermögen wir ihm wirksam nicht zu schaden,
Die Handhab' fehlt dazu. „Es waren Worte,
Im Zorn gesprochen" wird er kühl versetzen:
„Und deren fielen gleiche beiderseits!"
So blieben höchstens wir im Wortkampf Sieger,
Doch ist er nicht der Mann, der ruhig hinnimmt,
Was Andre zahm gemacht — das seht ihr ein —
Und deßhalb rath' ich nicht zu solchen Stichen,
Noch auch zum Mittel kleiner Pänkelei'n,
Es sei denn, daß der Hauptschlag eilig folgt.)

Carnaro.

Wie aber wollt Ihr diesen jäh' bereiten?

Lioni.

Indem wir ihn zu neuer Drohung reizen,
Für die er einsteh'n soll in vollem Maß.
                (Er zieht einen Brief hervor.)
Und dazu dient uns, hoff' ich, dieser Brief.

Gradenigo.

Ein Brief, der ihn betrifft?

Lioni.

So ist's.

Cornaro.

Laßt sehen.

Lioni

(auf die Briefschaften deutend).

Er fand sich unter diesem neuen Zugang,
Den aus dem Löwenmaul ich eben hob.
Wohl ist er auch merkwürd'gen Inhalts, hört!

(Er liest).

„Signori von der Inquisition!
Wenn ihr des Dogen Haus bewachen lasset,
So werdet ihr für Einen, der verbannt
Mit Unrecht ward, weil er die Wahrheit sprach,
Wohl günstiger gesinnt."

(Pause und Bewegung.)

Das heißt so viel als: Steno war im Recht,
Als er des Ehbruch's zieh' die Dogaressa.

Gradenigo.

Das ist der Sinn.

Cornaro.

Doch schrieb es Steno nur.

Lioni.

An einen Andern dacht' ich selbst auch nicht,
Doch eben weil der Mann uns greifbar steht
Und wir ihn zum Beweis anhalten können,
Wobei ihm Täuschung — mag er immerwie
In's Werk sie setzen — nie gelingen kann,
Dagegen er ertappt auf neuer Läst'rung
Nur seinen Stand vor uns verschlimmern könnte)
Aus dieser naheliegenden Erwägung
Eracht' ich seinen Wink für wahr und wichtig,
Wie immer auch der Cicisbeo heiße.

Cornaro.

Und deutlich ist das Ziel, worauf Ihr losgeht.

Lioni.

Daß Einer bald als „Wittwer in der Ehe" —

Cornaro.

Bravo!

Lioni.

— in lächerliche Schmach versinkt.
Doch nicht genug der offenen Beschämung,
Behandeln wir die Sache feierlich

Und sprechen Steno los von jedem Unrecht,
Selbst weitergehend, als er bittend hofft.
Die Wirkung, denk' ich, ist vorauszuseh'n:
Falieri, der im Leib auch fürstlich denkt
Und selbstbewußt, wird gegen diesen Spott
Aufbäumen sich zu Trotz und wilder Wuth,
Der Selbstbeherrschung fehlt und die darum
Sich selbst verwundet. Steh'n wir nur bereit,
Im rechten Augenblick hervorzutreten,
Dann eh' er sich's versieht, ist er gestürzt,
Doch glaub' ich nicht, daß er so tiefe Kränkung,
Vom Glück verwöhnt, lang überleben wird.

Gradenigo.
Der Himmel nehm' ihn auf!

Cornaro.
     Ich sage Amen.

Lioni.
Stimmt Ihr mir bei, so treff' ich solche Anstalt,
Daß er uns kennen lernt.

Gradenigo, Cornaro.
       Wir stimmen zu.
(Lioni klingelt; ein Signor di Notte tritt auf.)

Lioni.
Signor di Notte, einen Miethling schafft,
Mit dem besonders Ihr im Dienst zufrieden,

Waghalsig und geschmeidig gleicher Zeit,
Der sich zu einem kühnen Auftrag eignet.
Ist Einer Euch zur Hand?

Der Signor di Notte.

Wohl, Excellenza.

Lioni.

So schickt ihn unverweilt hierher zu uns!

(Der Signor di Notte tritt ab.)

Ich denk' mir's so: Wir geben Steno Wink,
Daß er Begnadigung erhoffen kann,
Wenn sich als wahr erfindet, was er vorgibt.
Von nächster Nacht an schicken wir sodann
Den Späher heimlich zu des Dogen Haus
Mit strengem Auftrag, Jeden anzuhalten,
Den er dort trifft, bemüht im Schutz der Nacht
Der Dogaressa heimlich sich zu nah'n.

Gradenigo.

Doch ist ein Mißverständniß immer möglich.

Lioni.

So fehlten wir im guten Glauben nur.
Wir wollen lieber Einen schuldlos opfern,
Als einen Schuldigen entschlüpfen lassen.

(Battista, in einen Mantel gehüllt, wird vom Signor di
Notte hereingeführt.)

Wie nennst Du Dich?

Battista.

Battista.

Lioni.

Dein Gewerbe?

Battista.

Je nun, ich treibe, was gelegen kommt.
Ich tanze auf dem Seil und führ' die Gondel
Mit jedem Venetianer um die Wette,
In allen Künsten bin ich gleich geschickt,
Zumal in allen lust'gen, ob ich auch
Schon Manchen in's Eleyson hab' befördert.

Lioni.

Ich weiß genug, nun höre! Kennst Du Steno?

Battista.

Das will ich meinen, so als wär's mein Bruder —
Gilt's seinen Kopf, so steh' ich gut dafür.

Lioni.

Es ist an dem nicht, wir betrauen Dich
Mit and'rer Arbeit. Mache Dich an Steno
In Heimlichkeit und gib ihm zu erkennen,
Daß Du von uns gesandt. Auf dieses hin
Erklär' ihm Folgendes, doch merk Dir's wohl:
Er habe sich nicht früher einzuschiffen

Nach Negroponte, als auf uns're Mahnung,
Auch sei es möglich, daß ihm nachgeseh'n
Die Strafe der Verbannung gänzlich werde,
Wenn sich die Wahrheit des Gerücht's erweise,
Wornach die Dogaressa insgeheim
Verbotenen-Besuch empfangen soll.
Bejaht er dieß und schwört er, daß es wahr,
So rück' mit Deinem Wissen mehr heraus
Und laß' ihn nimmer los, verstehst Du wohl?
Dieß aber ist Dein weiteres Geschäft:
Du wirst, wenn es nur geht, in Steno's Gondel
Von nächster Nacht an jede Stunde einmal
Falieri's Haus bei Sanct Apostolo
Vorüber fahren still, auf Alles achtsam.
Bemerkst Du Einen, der sich dort bewegt,
Und nicht zum Haus gehört, so nahe ihm
Dich möglichst still von rückwärts in der Gondel,
Bis daß Du jedes kleine Flüstern hörst.
Da gib nun Acht, ob Du im Zwiegespräch
Der Dogaressa Stimme unterscheidest.
Ist dieß der Fall, so dringe rasch hervor
Mit Einem oder Zwei, die Dich begleiten
Und bring' ihn mit Gewalt in Deine Hand.
Er darf Dir nicht entrinnen, hörst Du wohl?

Battista.

Ja, Excellenza.

Lioni.

Hilfe oder Vollmacht,
Wenn Außerordentliches sich begibt,
Magst Du erholen beim Signor di Notte,
Der sich in deiner Nähe halten wird,
Mit uns hier im Verkehr —

(Der Signor di Notte verbeugt sich.)

Das ist Dein Auftrag; geh' und thu' darnach.

(Zum Signor di Notte.)

Mit Euch benehmen wir uns weiter noch.

(Der Signor di Notte und Battista gehen ab.)

(Er ist dem Auftrag, denk' ich, wohl gewachsen.

Gradenigo.

Der wohl!

Cornaro.

Ein recht geweckter Bursche, das!)

Lioni (sich erhebend).

Nun Eines noch, bevor wir heut uns trennen:
Daß wir Falieri auch gewachsen sind,
Wenn wir den Richterarm nach ihm erheben,
Verlocken wir durch's Mittel der Bestechung
Die Dalmatiner von der Flotte weg
Hierher zum Lido und das ganz in Eile.

(Sie brechen auf.)

Cornaro.

Das Uns're ist gethan. Am Glücke liegt's,
Daß uns die Frucht bedachter Saat erwächst —
Vertrauen wir, daß es uns günstig sei,
Dann hat Falieri wohl zum letzten Mal
In diesem Ton als Fürst mit uns verhandelt.

(Sie entfernen sich durch die geheime Thüre.)

Verwandlung.

———

Zweite Scene.

(Zimmer im Hause des Dogen mit mehreren Thüren. Im
Hintergrund ein Arbeitstisch, von Kerzen erhellt, darauf der
Degen Giovanni's liegt, sowie Schreibgeräthe.)

Bertuccio und Pinola tre'en ein im Gespräche.)

Pinola.

Du weißt mehr, als Du sagst, gesteh' es mir.
O rede, brich das räthselhafte Schweigen!
Was ist im Werke!

Pertuccio.

Nichts! Gib Dich zufrieden.

Pinola.

Dein Leugnen nimmt mir nicht die Sorge weg.
Kehr' Dich nicht ab, ich lasse Dich nicht los
Und dring' in Dich, bis Du mir Alles mittheilst.

Pertuccio
(auf eine Nebenthüre zeigend.)

Behutsam! Drinnen weilt Jemand beim Vater.

Pinola
(ihn bei der Hand fassend, im Flüstertone).

Mir hat ein Zufall Alles offenbart.
Ich trat mit meiner Laute in's Gemach
Zum Vater. Brütend saß er da,
Das Haupt zur Brust gesenkt und sprach mit sich.

Pertuccio.

Du hast gelauscht und doch nur Dich gehört.

Pinola.

O nein! er sprach von blut'gem Strafgericht

Und kriegerischem Anschlag wider Alle,
Der im Begriff sei, furchtbar loszubrechen.

Pertuccio.

Du hast ihn nicht verstanden.

Pinola.

Nur zu gut!
Nicht einmal nur stieß er die Drohung aus,
Nein, wiederholt durchsprach er seinen Plan.
Die Rede glich dem Feuerstrom Vesuv's,
Da langsam, feierlich hervor sie wallte,
Doch ganz erfüllt vom angeschwoll'nen Grimm.
Sie ward erst mild, als er auf uns sie lenkte
Und auf Giovanni.)

Pertuccio (seufzt nach einer Pause).

Pinola, hör', Du kennst des Vaters Art,
Du weißt, er ist aufbrausenden Gemüth's,
Doch schnell besänftigt. Niemals that er noch,
Was er gedroht, vom Zorne überwältigt;
Im Gegentheil: er zeigte stets hernach
Ergebene Geduld und Mäßigung,
Hat er allein mit sich es ausgekämpft.
Auch diesesmal erleben wir das Gleiche,
Wenn wir ihn weder vor noch rückwärts drängen.
Er selbst gibt seinem Willen and're Richtung.

Pinola (nachdem sie einen Augenblick nachgedacht).

Nun wohl, ich richte mich nach Deinem Rath;
Ruf' mir Luigia; geh', ich bitte Dich!

Bertuccio.

Was soll sie hier?

Pinola.

Ich will sie überreden,
Daß sie Giovanni mahnt zur See zu geh'n,
Sobald es möglich, schon in nächster Nacht.

Bertuccio.

Ich thu's, Pinola, und ich rathe selbst Dir zu:
Bei solchem Bruche mit dem Haus Lioni
Ist es wohl Deinem Vater selbst erwünscht,
Wenn er Venedig ungesäumt verläßt —
Doch fürcht' ich, daß Luigia widerstrebt.

Pinola.

Das überlasse mir.

Bertuccio.

So ruf' ich sie.
(Er geht, hält aber an der Thüre.)
Doch bitt' ich Dich, vertrau' ihr nichts vom Andern!

Pinola.

Sei unbesorgt, ich denk' nicht mehr daran.
(Bertuccio ab.)

Er selbst ist in's Geheimniß eingeweiht,
Ich sah es ihm an seiner Unruh' an,
An seiner Miene, die er kaum beherrscht.
Es ist kein Zweifel, sie verschworen sich:
Doch sei's! Er trägt den Namen uns'res Hauses
Und Ehr' und Schande theilt er drum mit uns.
Der Vater, ob ich's ihm erspart auch wünschte,
Muß Recht sich schaffen. Lieber todt ihn wissen,
Als ihn, den Helden, so verachtet seh'n.
Mich schreckt kein Kampf, sein Blut verleugn' ich nicht—
So wie ich liebe, kann ich hassen auch.
Doch mit Giovanni hat es and're Wege:
Schlägt auch sein Herz für uns — des Sohnes
                                          Pflicht
Weist ihn hinüber auf die Gegenseite.
(Und doch, wie möcht' er leichten Muths bekämpfen
Luigia's Vater und sie selbst mit ihm?)
So wird verhängnißvoll ihm jede Wahl,
Drum muß er fort, eh sich der Sturm erhebt.
Und ihn zu warnen, unterlaß' ich nichts,
Wär' nur die Schwester überredet schon.

Bertuccio (kommt zurück).

Luigia schläft.

Pinola.

Dann wecke sie nicht auf!

Annunziata kommt aus derselben Thüre, ihr Gebetbuch in
der Hand.

Annunziata.

Luigia hat sich früh zu Bett begeben,
Ermüdet von dem wechselvollen Tage.

Pinola (für sich).

So ist ihr Widerstreben uns erspart.
(Laut.) O liebe Mutter, thu' mir den Gefallen
Und schreibe statt Luigia an Giovanni,
Was Alle wünschen.

Annunziata.

          Hat es denn nicht Zeit
Bis Morgen?

Pinola.

    Es duldet keinen Aufschub.

Annunziata (an den Schreibtisch tretend).

Weßhalb bedarfst Du der Vermittlerin?

Pinola.

Nur so erkennt er auch Dein Einverständniß,
Auf das viel ankommt.

Annunziata.

        Weiß es auch der Doge?

Bertuccio.

Er kann am wenigsten dagegen sein.

Annunziata (ſetzt ſich).

Ich will es euch zu liebe auf mich nehmen,
Doch ſag' mir Wort für Wort, ich bin ſo angſtvoll.

Pinola.

So ſchreibe denn: „Liebwerther Freund Giovanni,
Komm', wenn es Nacht wird, morgen zum Balcon!
Dort wartet Dein beſorgte Liebe — komm!
Annunziata." Nun das Siegel drauf.

Annunziata.

Ich ſchrieb und weiß nicht mehr, was ich geſchrieben.

(In dem Augenblicke, da ſie den Siegelring von ihrem Finger
ziehen will, tritt Bertram auf, einen Nelkenſtock in der Hand).

Bertram.

Hier iſt der Nelkenſtock, den Principeſſa
Mich bringen hieß; ich habe mit dem Gärtner
Den ſchönſten ausgewählt.

Annunziata

(verläßt den Schreibtiſch und nimmt den Nelkenſtock entgegen).

Ich danke, Bertram.
Der Doge trägt Verlangen nach der Blume —

(Sie betrachtet die Nelken; Bertram tritt ab.)

Was er damit doch wollen mag ſo ſpät? —
Mich ſchauderte, als er mir Auftrag gab:
Man ſagt, die Nelke ſei die Todtenblume.

6 *

Bertuccio (zu Pinola auf die Nebenthür deutend).

Der Doge kommt! Geschwind, verbirg den Brief!

(Pinola eilt an den Tisch und bedeckt eilig den Brief mit
dem Gebetbuch der Dogaressa. Falieri und Badoer treten
aus dem Seitengemach.)

Falieri.

Ah, schon besorgt! Gib her den Nelkenstock,
Ich danke Dir, wir stellen ihn dahin.

(Stellt den Blumenstock auf den Schreibtisch.)

Badoer.

Doch Blumen liebt man Nachts im Zimmer nicht.

Falieri.

Wir schlafen weit entfernt im Haus davon.

Badoer.

Nun wohl, die Staatsgeschäfte sind erledigt,
Ich freue mich, daß sich Dein Geist so schnell
In Alles findet mit Gelassenheit.

Falieri.

Ich will mich ganz dem Kriege weih'n und werde,
Wie schon gesagt, demnächst die Flotte mustern.
Begib Dich als Proveditore morgen
Einstweilen mir voraus nach Malamocco,
Doch ohne Aufschub, hörst Du, morgen schon.

Auf Wiederseh'n! (reicht Badoer die Hand).

Nun gehen wir zur Ruhe!

Badoer.

Schlaf' wohl und auf ein glücklich Wiederseh'n! —
(Pinola brav. Du bist gekommen wohl,
Den Vater aufzuheitern? Wo die Laute?
Bertuccio, so recht, nur kaltes Blut!
Ich nehme Abschied. (Reicht ihnen die Hand.)
Grüßt die Schwester mir!)

Annunziata.

Es mög' Euch wohlergeh'n!

Falieri (zu Bertuccio).

Führ' ihn zur Gondel!

Badoer.

Und noch einmal, ich freu' mich Deiner Ruhe.
(Geht ab, von Bertuccio gefolgt. Falieri grüßt ihm
bewegt nach).

Falieri.

Gott weiß, was mich gekostet diese Ruhe. —
Pinola, warum blickst Du mich so an?

Pinola (ihm an den Hals fliegend).

O Vater, dieser Tag war hart für Dich!

Falieri (sie liebkosend).

Es werden ihm schon bess're wieder folgen.

(Zu Annunziata, ihre Hand fassend.)

Was macht auch Dich betrübt? Was ängstigt Dich?

Annunziata.

Ihr habt den Blick so ernst und sorgenvoll!
Und soll ich offen sein, geliebter Herr,
Der Anblick dieser Nelken stimmt mich trübe.
Ich weiß es nicht warum, doch ist es so!

Falieri.

Es ist Dein zart Gemüth, fast gar zu zart
Für diese Welt — (Er küßt sie auf die Stirne.)
　　　　Bekümmere Dich nicht
Um Dinge, die Dein frommes Herz nicht faßt
Und geh' zur Ruh'!

Annunziata.

　　　Bleibt nicht zu lange fern!

Falieri.

Annunziata, geh', es wird schon gut.

(Zu Pinola).

Auch Du.

Pinola (für sich).

Wär' nur der Brief in meiner Hand

(Annunziata und Pinola treten ab.)

Falieri.

Ich athme leichter. Wie geheimen Vorwurf
Empfand ich's, als sie frug, wie es mir gehe,
Und ihre lichte Unschuld drückte mich.
Zum erstenmal empfand ich solch Gefühl.

(Bertuccio kommt zurück.)

Es geht auf Mitternacht, mach' Dich bereit!
Doch eine Frage schwebt Dir auf den Lippen.

Bertuccio.

Daß mancher schuldlos sei, bedacht' ich eben.

Falieri.

Du willst den Wetterregen ohne Blitz
Und Donner — bete, daß es mir gelingt!

Bertuccio.

Ich thu's, doch der Gedanke macht mich beben,
Daß ich vielleicht den Freund verlieren muß.

Falieri.

Ich hoffe, daß ihn seine Wahl errettet:
Er ist ein Kriegsmann und er hängt an mir.

Bertuccio.

Im andern Lager aber winkt sein Vater.

Falieri.

Und wer in unserm?

Bertuccio.

Schwere Wahl für ihn!
Ich fürchte —

Falieri.

Daß er uns verleugnen wird?

Bertuccio (stockend)·

Daß er — des Herzens Stimme anders hört.

Falieri (nach einer Pause.)

Für diesen Fall ist mein Entschluß gefaßt.
Er würde hier noch diese Nacht verhaftet,
Du selbst vollzögest die gebot'ne That.

Bertuccio.

Dem Freund begegnen so? Habt Mitleid, Vater
Mit mir und ihm, ich bitt' Euch auf den Knie'n.
Doch nein! Ihr werdet nicht so fühllos sein,
Ihr könnt' dem Offenen nicht falsch begegnen.

Falieri.

Steh' auf und sei ein Mann, in Diesem auch;
Die Sicherheit des Ganzen heischt das Opfer!

Bertuccio.

Ihr könnt auf and'rem Weg uns sicher stellen —
Schickt ihn zur Flotte nach Badoer's Beispiel.

Falieri.

Den alten Freund wollt' ich in nichts verwirren
Und drum entsandt' ich ihn nach Malamocco,
Doch dieß genügte bei Giovanni nicht.

Bertuccio.

Ihr gebt ihm ja Verhaltsbefehle mit.

Falieri.

Doch wenn er sie auf eigne Faust umgeht?

Bertuccio.

Das wird er nicht, er lernte zu gehorchen.

Falieri (nach einer Pause).

Nun denn, ich will die Bitte Dir erfüllen,

(Er geht an den Schreibtisch-)

Wiewohl nur ungern. Durchzugreifen völlig
Bin ich gewohnt, nicht halb zu handeln bloß. —
Die Feder ist noch naß, wer schrieb am Tische?

Bertuccio.

Ich war es nicht —

Falieri (mit durchbringenden Blick).

Du hältst mir nichts geheim,
Das will ich hoffen!

Bertuccio (für sich).

Sollt' ich's gesteh'n? — Pinola könnte zürnen.

(Falieri hat das Gebetbuch Annunziata's erblickt; er hebt
es weg, findet den Brief, liest ihn und legt ihn sich beherr-
schend bei Seite worauf er in aller Ruhe den Befehl für
Giovanni schreibt, ihn versiegelt und sich wieder erhebt.)

Falieri.

Hier der Befehl an ihn, sich einzuschiffen,
Vor Grau'n des Tages muß an Bord er sein.
Doch wird es sich mit ihm zuvor erst klären.
Ich werde mit ihm reden, eben jetzt
Erwart' ich ihn. Nun mach' Dich auf den Weg
Zur Kirche San Paolo, wo sie harren.

(Bertuccio ab).

(Falieri kehrt mit raschem Schritt zum Schreibtisch zurück,
liest hastig den Brief noch einmal und steht erstarrt da, wobei
ihm der Brief entfällt.)

Sie hat's geschrieben, es ist ihre Hand!
O Gott, in welches Wirrsal stürzt mich dieß —
Im Augenblick, da ich sie rächen wollte!
Mir wirbelt's im Gehirn, es steigt das Blut
Und ohne Rückhalt treiben die Gedanken

Wie ein enttakelt' Schiff auf hohler See.

(Er sinkt in den Stuhl. Annunziata erscheint an
der Thüre.)

Annunziata.

Ich ließ den Brief zurück. — Madonna, hilf!

(Falieri seufzt tief.)

Was drückt ihn? Ach, so sah ich ihn noch nie,
So düster und so sorgenvoll, so ernst,
Als wär' er mißgestimmt durch großes Leid.

(Sie naht sich Falieri.)

Ihr seid so traurig mein Gemahl und trüb,
Daß es mit Bangigkeit mein Herz erfüllt.
Was fehlt Euch doch? (Falieri schweigt.)
Ihr redet nicht, Ihr habt mich nicht gehört?
Ich frug Euch nach dem Anlaß Eures Leid's.

(Nach einer Pause.)

Er schweigt. O Gott, ich faß' es nicht warum?
Ich bin mir keiner Handlung doch bewußt,
Ja, keines Wortes wider seinen Sinn.
Und doch, wie Vorwurf deut' ich mir sein Schweigen.

(Sie erblickt den Brief.)

Wie, wär' es möglich, daß der Brief da Schuld?

(Sie wendet sich zum Dogen.)

Marino, schenke mir ein kurz Gehör,
Um Dir zu sagen, wie ich dazu kam,
Giovanni ohne eig'nen Grund zu schreiben.

(Falieri blickt auf.)

Pinola bat mich und Bertuccio,
Ihn einzuladen statt Luigia selbst,
Die schon zu Bett; sie fürchteten, es könne
Ein plötzlicher Befehl zu Schiff ihn rufen,
Und drum bestimmten sie das Stelldichein.
So kam es, daß ich an Giovanni schrieb.

Falieri (sie umarmend.)

Annunziata, an mein Herz!
Du hattest wohlgethan, (sie schmeichelnd.)
                ich lob' Dich drum,
Und billige im Voraus, was Du thust.
Nimm Deinen Brief und send' ihn an Giovanni.

Annunziata.

Nun bist Du freundlich wieder und die Falten
Sind fort von Deiner Stirn.

Falieri.

               Du hast sie mir
Geglättet, holdes Weib. — Nun geh' zu Bett
Und Engel wachen über Deinem Schlaf
Und schützen Dir das Kissen.

Annunziata.
            Gute Nacht!

Falieri (nachrufend).

Gott segne Dich, mein unschuldvolles Weib!

(Annunziata geht ab.)

Giovanni (erscheint an der Schwelle).

Bin ich willkommen, Vater?

Falieri.

Tritt nur ein! —

Mein Sohn, ich ließ Dich spät zu mir bescheiden,
Warum, das ahnst Du wohl.

(Er verriegelt die Thüren.)

Giovanni.

Ich denke mir,

Den neuen Krieg betrifft's —

Falieri

Davon hernach.

Nimm erst den Degen hier von mir zurück,
Den Dir der Vater lieblos abgenommen.

(Uebergibt Giovanni den Degen mit dem Gehänge.)

Schnall' ihn Dir um, und zeig' ihn bald gezückt
Venedigs ärgstem Feinde.

Giovanni.

Genua!

(Er schnallt sich den Degen um.)

Falieri.

Der große Doria gestand mir einst
In's Angesicht, er lieb' den Marcuslöwen,
Weil er die Ursach' seines Ruhmes sei
Und Viele denken so in Genua.
Ich aber kenne hier Patrizier,
Die unserm Flügelleu'n, so schön sie reden,
Ausraufen möchten beider Schwingen Federn.

Giovanni.

Für diese gleichfalls ist kein Haß zu groß.

Falieri (pflückt eine Nelke vom Stock).

Wohl, wir verstehen uns — Ich frag' Dich offen
Soll man verschonen Einen dieser Schelme?

Giovanni.

Ihr spracht, als Ihr das Schwert mir übergabt:
„Führ' es zum Schutz und Schirm der Vaterstadt!"
Der Mahnung bleib' ich allezeit gedenk:
Ich greife an, gleichviel, wer sie bekämpft!

Falieri.

Wie hier die Dinge steh'n, das weißt Du wohl:
Die Leisetreter in der seid'nen Robe,
Die pfiff'gen Krämer, die sich Fürsten schätzen,
Recht, Sitte, Alles untergraben sie:
Beikommen muß man dieser Brut mit Ernst.

Giovanni.

Für diese ist der Degen viel zu gut!
Ihr hattet Recht, es streng mir zu verweisen.

Falieri.

Ich tadelte Dein Ungestüm, nichts weiter.

Giovanni.

Ich merk' es wohl, Ihr stellt mich auf die Probe
Doch hab' ich mir die Lehre eingeprägt.

Falieri (auf ihn zutretend).

Kennst Du den Schimpf, der mich auf's Neue traf,
Den Ausgang der Comödie mit Steno?

Giovanni.

Es packte Wuth mich an, als ich es hörte —

Falieri.

Der Wicht ist Einer von den Vielen nur:
An Alle halt' ich mich, und trittst Du bei,
Wir zahlen ihnen blutig heim die Schmach.

Giovanni.

Der frische Grimm erdenkt verschärfte Qualen.

Falieri.

Ich droh' nicht eitel, schreckvoll brech' ich los
Wie 's Element, und Keinen nehm' ich aus!

Giovanni.

Auch meinen Vater? — Nein, Ihr thut dieß nicht!
Ihr greift nicht Gott in Eurem Zorne vor,
Ausrotten müßte man des Weines Reben,
Weil einigen ihr Blut zum Laster wird.
Nein, einer solchen That seid Ihr nicht fähig.
Es wallt Euch hoch die edelmüth'ge Brust
Und schon Vergebung les' ich Euch im Auge.

Falieri.

Hast Du nicht Deinem Vater selbst getrotzt
Und ihn bestritten?

Giovanni.

                Doch Ihr straftet mich
Und ewig werd' ich Euch im Danke bleiben.

Falieri.

Du nanntest ungerecht selbst sein Verfahren.

Giovanni.

Schamröthe überfliegt mich, denk' ich dran.

Falieri.

Du bleibst bei Deinem Vorsatz?

Giovanni.

                Jetzt und immer.

Falieri (nach einer Pause).

Ich habe Achtung, Sohn —
(er zerpflückt die Nelke)
Da Du noch keine Anstalt irgend sahst
Von dem, was ich als möglich nur besprach,
Ja, nur als einen Traum der Einbildung,
So such' es zu vergessen. — Denk', die Zeit,
Die Alles heilt, schließt diese Wunden auch.

Giovanni.

Dieß Wort ist Trost, ich will daran mich halten.

Falieri.

Nun höre, was ich Dir eröffnen wollte.
(Nimmt das versiegelte Schreiben vom Tische.)
Gerade kam mir Nachricht, daß der Feind
Im Golfe kreuzt, Du gehst mit Deinen Schiffen,
Ihn aufzusuchen, nächste Nacht in See. —
Das öffne, wenn die Anker Du gelichtet.
(Er reicht ihm die Hand.)
Auf Wiederseh'n, mein Sohn! Auf Wiederseh'n!
(Ihm die Hand auf die Schulter legend.)
Kehr' bald und wohlbehalten mir zurück!
(Giovanni ab; Falieri verriegelt die Thüre, die zur
Wohnung der Familie führt.)

Falieri.

Ich hatte Mühe, daß ich mich bezwang
Und unbemerkt hinweg ihm wieder zog

7

Den Fallstrick, den ich seiner Jugend legte;
Wie ein Verführer, den die Unschuld straft
— Sie spricht mit Engelzungen und entwaffnet
Ein Arsenal von vorbedachten Gründen —
Stand ich zuletzt vor ihm, bewältigt fast
Und es entfiel die Nelke meiner Hand.
Doch fort die Rührung! Ist er eingeschifft
Und ihm die Wahl erspart, so that ich Alles,
Was ich als Zugeständniß opfern kann
Dem kindlichen Gefühle; ohnedieß
Beraub' ich vieler muth'ger Arme mich,
Indem ich ihn, vorgebend falschen Kriegslärm
Mit kriegerisch bemannter Schiffe Wehr
Entsende — statt sie zu gebrauchen hier
Im Augenblick der nahenden Entscheidung.

(Es schlägt von den Thürmen Mitternacht.)

Horch, Mitternacht, geheimnißvolle Stunde
Voll Mahnung! Rings auf allen Thürmen schlägt's,
Dazwischen ernste Pausen tiefer Stille,
Gleichsam das Grab des hingestorb'nen Klang's.
O feierlicher Abschied eines Tages,
Wie anders sprichst Du Traurigen und Frohen,
Wie anders noch beladenen Gewissen!
Dich hörend schlägt der fromme Christ ein Kreuz
Und in des Himmels Hut empfiehlt er sich.
Der Uebelthäter fährt voll Unruh' auf,
Der Dieb schleicht um, des Mörders Auge glüht,
Indeß sein Opfer sich in Träumen ängstet.

Falschmünzer machen Licht und prägen heimlich,
Spione schleichen auf erspähter Fährte,
Verschwörer eilen nach dem Sammelplatz.
Verräther — ha, wo schweift der Geist mir hin?
Bin ich nicht selbst ein solcher, ich, der Fürst,
In dessen Schutz vertrauend Alle schlafen,
Ja, mehr als solcher, aller Bösen Hauptmann?
Ich sinne, mein Gefolge zu vertauschen
Mit einem Anhang, den ich noch nicht kenne ....
Doch wie's auch sei — — — es gibt für mich kein
                              Rückwärts —
Gerichtet ist das Steuer, los in's Meer!

(Bertuccio tritt auf, mit einer Halbmaske vor dem Gesicht, die er alsbald abnimmt.)

Wo sind, die ich erwarte?

Bertuccio.

Vor der Thür.

Falieri.

Führ' sie herein — — und hörst Du — noch etwas
Sprich Du allein, ich flüst're Dir die Fragen.

Bertuccio (die Thür öffnend).

Ich bitt' euch, geht dem Schall der Stimme nach.

(Israel und zwei Fremde nahen sich mit verbundenen
Augen.)

7*

Falieri (flüsternd).

Forsch' nach den Namen, nur den Einen kenn' ich.

Bertuccio.

Gebt Stand und Namen an.

Falieri.

Die Binde bleibt.

Der Aeltere der Fremden.

Wer sprach da eben?

Bertuccio.

Ihr erfahrt es bald,

Auch wer ich selbst bin.

Der Aeltere der Fremden.

Wir vertrauen Dir.

Bertuccio.

Wer seid Ihr also?

Der Aeltere der Fremden.

Sag' es, Jsarel.

Jsarel.

Es sind, daß ich es kurz Euch offenbare,

Zum Werk entschloss'ne Männer, wie ich selbst,

Geborne Venetianer, bürgerlich,
Doch edlen Sinn's dafür und hochgeschätzt
Durch ihrer Hand Geschicklichkeit und Kunst:
Bildhauer Calendaro ist es und sein Sohn.

Falieri (flüsternd).

Was drückt sie?

Bertuccio.

Welche Kränkung reißt euch fort
Zur That der Nothwehr?

Israel.

Redet selbst nun, Freund.

Calendaro.

Wohlan, doch stock' ich manchesmal, bedenkt,
Daß Uebermaß an Leid die Sprache raubt.
Nun hört: Ich hatte eine einz'ge Tochter.
Es war ein Wesen, findet Ihr ein zweites
So schön und gut — —
So fröhlich und geliebt von allen Menschen,
Dann nennt mich blind, wie es ja Väter gibt,
Und traut mir auch im Uebrigen kein Urtheil.
Dieß Kind, das meines Lebens Freude war,
Der Mutter Bild, die Beide nicht gekannt;
Dieß liebliche Geschöpf — —
Wie es die Erde nicht noch einmal bildet,

Ward mir durch einen Wüstling angefallen,
Denkt nicht verführt — er hätt' es nicht vermocht —
Gewaltsam ward ihr Engelleib entweiht.

Falieri.

Ihr Himmel! Lebt die Arme?

Calendaro.

Andern Tages
Gab sie sich selbst den Tod — —

Israel.

Sie sprang in's Meer,
Antonio hier er zog sie todt herauf.

Antonio.

O meine Schwester!

Calendaro.

O, mein armes Kind!

Israel.

Der Gräuelmensch verblieb auf freiem Fuß.

Calendaro (mit gepreßter Stimme).

Er blieb es, hoher Herr, und nicht genug,
Sie gönnten meinem Kind kein ehrlich Grab.

Falieri.

Der Thäter war ein Nobile, nicht wahr?
Nehmt weg die Binde, blickt mich offen an!
(Es geschieht; die zwei Fremden erblicken erstaunt den Dogen)
Ich bin der Doge und berief euch her.
Seid nicht bestürzt und fürchtet keine Schlinge!
(Zu Calendaro.)
Mein Leid ist Dein's, nur sichtbar auf dem Gipfel
Der ganzen Welt. Dieß schick' ich nicht voraus,
Gemach zu lüften den verschwieg'nen Vorhang,
Nein, damit schließ' ich meinen Ruf und frage:
Seid ihr zur That entschlossen?

Alle Drei.

Herr, wir sind's!

Falieri.

Wär' ich der Einzige, der Schmach erlitt
Und Kränkung, oder ihr mit mir allein,
Ich spräche nicht, der Fürst, geheim mit euch
Und machte euch Eröffnung meiner Klage.
Doch weil das Laster thront in dieser Stadt,
Unschuld und Recht vor seine Füße tretend,
Weil einer Rotte, die kein Zügel hemmt,
Das bied're Hausrecht gilt für eine Mythe,
Die Zucht und Ehre der Familien wankt
Und weiter frißt der schwärende Scorbut,
So tret' ich mit dem Messer vor den Kranken

Und zwing' ihn selbst, daß er es zuckend leide,
Denn so genest er nur aus Brand und Fäulniß:
Dieß sei der Zweck des Bundes!

Die Anderen.

Also sei's!

Falieri.

Was Bajamonten trieb vor hundert Jahren,
Das wagen wir, gleich muthig jetzt nach ihm:
Wir brechen Bahn, ob's auch das Leben koste.

Alle (indem sie sich bei der Hand fassen und in einen
Ring stellen).
Wir geh'n voran, ob's auch das Leben koste.

Falieri.

Der Wahlspruch sei: Sanct Marcus und die
Freiheit!

Die Andern.

Sanct Marcus und die Freiheit!

Calendaro.

In Euch ersteht uns ein Timoleon.

Jsarel.

Vertraut den redlichen Arsenaloten!

Antonio.

Ein Wink von Euch und alles Volk steht auf.

Falieri.

Geheimer Bund darf nicht zu zahlreich sein.

(Zu Israel.)

Wähl' aus der Menge Kern dreihundert Dir
Und die bereite: „Doria droht zu landen"
So sprich zu ihnen, wann Du sie bewaffnest
Und später sag': „er ankert vor dem Lido,"
— Daß sie es glauben, wird das Golfgeschwader
Mit Lärm auslaufen in der gleichen Nacht —
Nur langsam gieb dem Schwert die rechte Richtung--
Dieß dein Geschäft.

Israel.

Es soll gelingen.

Falieri.

Ihr Beide weckt das Volk, doch mit Bedacht
Geht vor: Verbiß'ner Zorn bricht unklug los,
Auch prahlt die Wuth beim Anblick naher Hilfe.
Thut so, als handle sich's um Steno bloß
Und Dandolo und and're lock're Brüder.

Calendaro.

Wir könnten, um das Volk an's Joch zu mahnen,
Durchzieh'n bei Nacht die Stadt, wie sie es thun,

Mit Poltern und Geschrei von Thür zu Thür,
Wobei wir uns bei ihren Namen riefen.

Falieri.

Seid kühn, doch waffnet euch mit Vorsicht auch,
Erwählt die Wenigen und nicht die Vielen:
Aus ihnen greift für jed' Quartier der Stadt
Die Führer, denen ihr den Plan vertraut. (Zu Israel.)
Du dießseits des Rialto, (zu Calendaro)
                          jenseits Du! (Zu Bertuccio.)
Mein Neffe hält den Marcusthurm besetzt
Und lenkt die Haufen, bis ich selbst erscheine.
  Zu Antonio) Du trägst im Streit voran die
                          Marcusfahne.

Antonio.

Ich will der Schwester denkend hoch sie schwingen.

Falieri.

Ihr kommt um Mitternacht vor dieses Haus
Vermummt und wie von ungefähr geschaart.
Ich selbst erscheine mit dem Stundenschlag,
Das Weit're hört ihr dann, für jetzt nur dieß:
Beim Morgenlicht ertönt die Marcusglocke,
Bei deren Schall, der stets Gefahr verkündet,
Die Schaaren unter'm Rufe: „Doria
Ist vor dem Lido," zur Piazza rücken
Und alle Senatoren und Dezemvirn

— Wenn sie nun einzeln zum Palaste eilen,
Den großen Rath zu füllen — niederwerfen,
Sobald sie auf den ersten Zuruf nicht
Um Gnade niederknie'n.

Die Andern.

Tod, Allen Tod!

Falieri (pflückt fünf Nelken vom Stocke).

Mit dieser Blume zeichne Jeder sich! (sie stecken sich
die Nelken an, Falieri thut das Gleiche.)
Nun schwört, so ist der Bund geschlossen.
(Sie knieen nieder.)
Wir schwören einen körperlichen Eid,
Daß wir geheim die Unterredung halten
Vor Jedermann und standhaft bis zuletzt,
Bei Gott und unserm Leben nach dem Tod!

Alle (schwören).

Bei Gott und unserm Leben nach dem Tod!
(Sie erheben sich.)

Sanct Marcus und die Freiheit!

Der Vorhang fällt.

Ende des dritten Aktes.

Vierter Act.

Ein kleiner Platz bei St. Apostolo, in den mehrere Gassen münden. Rechts eine Kloster = Kirche, links das Haus des Dogen, sonst keine Wohnungen, sondern umlaufende Mauern, im Hintergrund ein Canal. Es ist Mondschein. Calendaro mit mehreren Begleitern, die wie er vermummt sind, stößt auf Antonio, dem gleichfalls mehrere Vermummte folgen.

Calendaro.

He Steno!

Antonio.

Dandolo!

Calendaro.

Wie steht's bei Euch?

Antonio.

Die Merceria haben wir durchstrichen
Und dieses Adels Frechheit übertrumpft.

(Israel mit mehreren Vermummten tritt auf.)

Calendaro.

Wir polterten durch's Campo San Paolo!

Isarel.

Hier ist des Dogen Haus, hier halten wir.

Calendaro.

Da ist ein neues Kleeblatt, ruf' es an!

Antonio.

Seid Ihr's, Lioni?

Isarel.

Steno?

Calendaro.

Dandolo —

Antonio.

Woher des Weg's?

Isarel.

Vom Campo Stephano
Nachdem wir durch die Riva erst gestreift.
Was ist die Uhr?

Calendaro.

Sie eilt auf Mitternacht.

Isarel.

Habt ihr nicht eine Wache auch bemerkt?

Calendaro.

Wohl, doch wir huschten in die Seitengasse.

Isarel.

Wir machten's grade so. Horch, eben schlägt's.

(Es schlägt auf der Kirche Mitternacht. Mit dem zwölften
Schlage tritt aus seinem Hause Falieri in der Bauta, d. h.
in einem langen schwarzen venetianischen Mantel mit Capuze,
darunter er ein Stahlkleid und Waffen trägt, ihm folgt
Bertuccio ebenso verhüllt.)

Falieri.

Da steh'n sie schon. — Nimm ihnen ab die
Losung!

Bertuccio.

Gebt die Parol!

Die Verschworenen (mit gedämpftem Tone):

Sanct Marcus und die Freiheit.

Falieri (einige Schritte vortretend.)

Sind wir von allen Seiten frei?

Isarel (nachdem er sich umgesehen.)

Von allen.

Falieri.

Die Capitaine der Quartiere seh' ich,
Nun stellt mir die Genossen vor.

Isael.

Biondo,

Donat, da Corfu, Nigra, Manuel.

Falieri.

Ich kenn' sie Alle, lauter wack're Bürger!
Mit eurem Blicke bin ich sehr zufrieden:
Ich hätte selbst nicht anders ausgewählt. —

(er schlägt an das Schwert.)

Wohlan, der Tag ist da, der heißersehnte,
Da an den Leib wir dem Gezüchte geh'n
Und rächen jede arge Missethat.
Sanct Marcus' Fahne, die ich oft entfaltet
Im Kampfgewühl der weitgedehnten Schlacht,
Die ich auf Zara's Zinnen aufgepflanzt
Zum Schreck dem Ungar und dem Morgenland,
Sie soll im Sturm voran mir weh'n, da ich
Den zweiten Einzug in Venedig halte.

(Zu Antonio.)

Du wirst sie im Palast von mir empfangen,
Wohin ich mit Bertuccio mich begebe,
Der für das Sturmgeläute sorgen wird.
Er kennt in Allem meinen Plan und Willen,

(Er faßt Bertuccio bei der Hand.)

Und sollte ich, was ja geschehen kann,
Den Feinden fechtend in die Hände fallen,
So seht in ihm den schon bestellten Führer,

Ja mehr, den Fürsten und den Herrn der Stadt
Und ihm gehorcht, wie mir — gelobt mir das!

Die Verschworenen.

So sei's!

Falieri.

Zerstreut euch nun, jedoch in aller Stille.
Zieht auf die Posten, die euch zugetheilt,
(Vermengt die Bürger mit Arsenaloten,
Befeuert sie und zügelt sie zugleich,
Daß stark und wohlgeordnet sei der Anlauf,
Die Zahl der Streiter reicht vollkommen aus.
Wir seh'n uns heute im Getümmel wieder.)
Laßt uns nicht grausam sein, doch unerschüttert
Das Ziel vor Augen, das zur Strenge zwingt.
Soll uns das Recht in ganzer Kraft ersteh'n,
So muß das Unrecht erst zu Grunde geh'n.
Gott ist mit uns!

Die Verschworenen (mit gedämpfter Stimme)

Sanct Marcus und die Freiheit!

Falieri (zu Israel auf das Haus zeigend).

Dieß Haus mit Allem, was mir werth darinnen,
Empfehl' ich Dir. Auf Wiederseh'n im Kampfe!

Die Verschworenen (wie vorhin).

Auf Wiederseh'n im Kampfe!

(Falieri entfernt sich mit Bertuccio gegen die Stadt.)

Israel.

Sein hoher Muth hat mir das Herz entzündet,
Ich brenne nach dem Kampf mit Ungeduld.

Calendaro.

So mochte Moses zieh'n durch's rothe Meer
Und alle Wogen theilten sich vor ihm.

Antonio.

Erst wenn Sanct Marcus' Fahne vor ihm weht,
Wird uns das Herz aufgeh'n im ganzen Stolz.

Calendaro (zu seinen Begleitern).

Fort mit dem Lockruf zum Rialto hin!)

Die Verschworenen zerstreuen sich in die Gassen, wie sie
gekommen. Bald hört man von der Seite, dahin sich An=
tonio und Calendaro entfernten, die Rufe „Steno“, „Dan=
dolo“, „Lioni“, „Cornaro“, „Gradenigo“, sich immer mehr
entfernend. Steno, in den Mantel gehüllt, tritt auf.)

Steno.

Hab' ich wohl einen Doppelgänger hier?
Ich höre meinen Namen da und dort,

Ist er schon gar zum Stichwort hier geworden?
Doch wartet nur, den Spott sollt ihr vergessen;
Was mir Battista heimlich hat vertraut,
Zeigt, daß ich vollauf noch Credit besitze:
Ich darf mir wohl etwas zu Gute thun
Auf meine Sicherheit. Ha, ha, Verbannung!
Belohnung winkt mir eher. Wartet nur,
Bald heißt es: Steno ist ein Menschenkenner,
Für seinen Blick ist kein Gespinnst zu sein!

(Battista tritt auf, in einen Mantel gehüllt).

Battista (für sich).

Er spricht wie Einer, der im Fieber träumt.

(An Steno herantretend.)

Herr, kommt, die Gondel wartet lange schon.
Es ist die höchste Zeit, uns aufzumachen.
Ich hab' erspäht, was Sor Giovanni macht.

Steno.

Nun was?

Battista (flüsternd).

Er kleidet sich als Cicisbeo —
Wir werden diese Nacht noch was erleben.

(Auf das Haus des Dogen zeigend.)

Das Pärchen hat bei Gott ein Stelldichein.

Steno.

An was erkennst Du das?

Battista.

Ei, an der Gondel,
Die vor der Stiege des Palastes liegt
Und mit dem Gondolier im Schlaf sich schaukelt.

Steno (halb für sich).

Das Horcheramt werd' ich getreu erfüllen,
Doch ihn bewältigen, wird schwerer sein.

Battista (eine Armbrust hervorziehend.)

Ich hab' auf jeden Fall mich vorgeseh'n.

(Der Signor di Notte tritt auf mit Schaarwächtern.)

Signor di Notte

(der Beide noch nicht bemerkt hat).

Jetzt kommt der Lärm aus dieser Gasse her!
Für Nobili gibt sich die Rotte aus.
Das Treiben, scheint's, hat einen tiefern Sinn.
Auf, ihnen nachgesetzt! Hier gilt es Strenge.

(Er erblickt Beide.)

Wer steht im Schatten dort?

Battista.

Signor, wir sind's.

8 *

Battista ist's, im Dienste der Gestrengen.
Auch diesen Herrn erkennt Ihr.

Signor di Notte.

Ja, Ser Steno.

Steno.

Der gleichfalls heut' zur Obrigkeit gehört.

Signor di Notte.

Ganz gut, daß wir von ungefähr, zumal
In dieser Nacht, uns treffen.

(Zu Battista.)

Wo hält die Gondel dieses Herrn?

Battista (nach der Rechten zeigend).

Nicht weit,
Dort drüben im Canal, nicht fünfzig Schritte.

Signor di Notte.

Ihr findet bei der nächsten Brücke mich,
Wofern ihr meiner sollt bedürfen.

(Zu den Schaarwächtern.)

Weiter!

(Der Signor di Notte entfernt sich mit den Schaarwächtern.)

Battista.

Das Fanggeld seh' ich mir schon aufgezählt.
Kommt, Herr, wir haben Mondschein zu der Fahrt.

(Sie entfernen sich nach der Rechten. Pause.—Luigia erscheint
auf dem Balkon.)

Luigia.

Es ist die Stunde, da er kommen muß;
Getreuer Mond, erweck' ihn, holdes Licht,
Und führ' in Deinem Dämmer ihn hierher!

(Sie singt.)

„Komm, Geliebter, komm zur Stelle,
Sieh' die Gondel liegt bereit,
Liebe hauchen Mond und Welle,
Alles athmet Seligkeit.“

„Fern in funkenreichem Prangen
Leuchtet das verschwieg'ne Meer,
Sehnsucht trägt es und Verlangen
Warm mit jedem Hauche her.“

(Eine männliche Stimme aus der Ferne und zwar von der
linken Seite des Landes.)

„„Tiefe Ruhe, nur im Herzen
Ist die Liebe auferwacht,
Schwebet Träume, wandelt Schmerzen,
Ziehet durch die stille Nacht!““

Luigia.

Er ist's, sei Herz bereit ihn zu empfangen!

(Sie singt.)

„Haltet, wenn ihr ihn erblicket,
Haltet den Entfernten an,
Die ihm tausend Grüße schicket,
Zärtlich ruft sie ihn heran."

Beide.

„Komm, Geliebte, komm' zur Stelle,
Sieh' die Gondel liegt bereit,
Liebe hauchen Mond und Welle,
Alles athmet Seligkeit".

Luigia.

Eilt, säum'ge Ruder, theilt im Takt die Fluth,
Lenkt der Paläste Flucht ihn schnell vorbei,
Hierher vor dieses monderhellte Haus —
Wie lang macht Sehnsucht die Minute doch!

(Pinola erscheint auf dem Balkon.)

Hast Du vernommen seine Serenade?
O, seine Seele lag in jedem Ton!

(Eine männliche Stimme aus der Ferne, doch jetzt von der
Rechten.)

„„Tiefe Ruhe, nur im Herzen
Ist die Liebe auferwacht,
Schwebet Träume, wandelt Schmerzen,
Ziehet durch die stille Nacht!"""

Luigia (für sich).

Ei, ahmst Du auch ihm nach, doch fehlt der Stimme
Die Innigkeit, wie ihr die Liebe fehlt.

Pinola
(die nach der rechten Seite aushorcht).

Er naht, nun gilt's! — Entferne Dich, Luigia,
Daß ich mit ihm ein Wort erst rede.

Luigia.

Zuvor erst einen Gruß vergönne mir!

Pinola.

Nein, wie Du mir versprachst, laß' uns allein!

Luigia.

So bitt' ich Dich, sei kurz und ruf' mich bald.

(Sie verläßt den Balkon.)

Pinola.

Ich zitt're vor Erregung, halb von Sinnen.
Horch Ruderschläge, pfeilschnell naht das Schiff,
Da ist er schon —.

(Eine Gondel fährt von rechts heran, darin Steno mit einer
Halbmaske steht, eine Laute in der Hand, Battista führt
das Ruder.)

Was will die Maske? Nie doch trug er sie,
Weßhalb beim Abschied in so trübem Fasching?
Doch was bedenk' ich mich? es drängt die Zeit!
Horch' auf, Giovanni, rud're, wie Du bist,
Zur Flotte; thu's zu Lieb' dem theuren Dogen,
Der Dich betraut hat mit dem Schwerte selbst.
Hier ist Dein Ort nicht; allzu enge Bande
Verknüpfen Dich dem Feinde uns'res Hauses.
Lioni ist dein Name, denke d'ran!
Der Vater wünscht dieß, wie Bertuccio.
Noch diese Nacht verlasse d'rum Venedig,
Da der Empörung Zeichen jede Stunde
Herab vom Marcusthurm ertönen kann,
Des Arsenales Streiter zu entfesseln.
Was starrst Du so, verwundert Dich mein Wissen?
So nenn' ich Dir das Losungswort, es heißt:
(Erkenne d'ran den Ernst)
„Sanct Marcus und die Freiheit."

(Die Gondel entfernt sich langsam nach rückwärts.)

Was ist das? Keine Antwort! Er entrudert!

Luigia schnell!

(Luigia tritt wieder hervor.)

Sieh dort! O ruf' ihn, rufe!

Luigia.

Das ist Giovanni nicht, laß' ihn vorüber!

Pinola.

Die Maske nur giebt ihm das fremde Aussseh'n.

(Die Gondel ist verschwunden.)

Luigia.

O nein, auch ganz vermummt würd' ich ihn

kennen.

Pinola.

Der Schatten täuschte Dich.

Luigia.

O nimmermehr!

Pinola (bei Seite).

Ihr Heiligen, wenn es ein Horcher war!

Luigia.

Der Spötter hat uns mit dem Lied genarrt.

Eine männliche Stimme (nahe von der Linken.)

„Komm' Geliebte, komm' zur Stelle,
Sieh' die Gondel liegt bereit,

Liebe hauchen Mond und Welle,
Alles athmet Seligkeit."

Luigia.

Nun gibst Du mir wohl Recht? Dort blicke hin!
(Eine Gondel, darin Giovanni im Mantel mit einem
Gondolier steht, fährt von der Linken an.)

Pinola (halb für sich).

O Gott, was that ich! Weh', wir sind verloren.

Luigia.

Giovanni!
(Sie grüßt ihn mit dem Taschentuche, zu Pinola.)
Sieh, er ist's — Giovanni!

Giovanni.

Luigia!

Pinola (für sich).

Willst Du ein Opfer, Himmel, nimm mich hin!
(Sie forscht stets nach der Seite, woher die andere Gondel
gekommen war.)

Luigia.

Mit Einem Ruder? D'rum fuhrst Du so langsam!

Giovanni.

O hättest Du uns im Canal geseh'n!
Wir flogen wie in luftiger Regatte.

Luigia.

Doch bist Du hier —

Giovanni.

Könnt' ich nur länger weilen;
Du weißt jedoch, der Vater mahnt zum Abschied.

Luigia.

Wie lange werden wir uns nicht mehr seh'n!

Giovanni (tritt an das Land. Die Gondel fährt zurück).

Du wirst mich auf den Wellen fortgeleiten,
Mein gold'ner Stern im hohen Blau der Nacht
So nahe und so fern.

Luigia.

So fern und nah.

Pinola (für sich).

Nicht länger darf ich zögern.

(Zu Luigia) Tritt hinein
Und komme nicht zurück, bis ich Dich rufe.

Luigia (zu Giovanni).

Sie ist voll Eifer und voll Heimlichkeit.

(Im Abgehen)

Wohl möcht' ich hören, was Du ihm vertraust.
Verweile, Liebster, bis ich wiederkehre (Ab).

Pinola.

Giovanni, ernste Kunde wartet Dein.

Giovanni.

Was hat sich denn so Schreckliches begeben?

Pinola.

Im Anzug ist ein Sturm furchtbarer Art.

Giovanni.

(Ei, Freundin, treibst du Wetterprofezeiung?

Pinola.

O spotte nicht, es gilt mir bitt'rer Ernst.

Giovanni.

Nun denn, von wannen spürest Du den Sturm?)

Pinola.

Von einer Seite, da Du ihn wohl ahnst,
Vernimm und laß zerstreut den Geist nicht schweifen,
Indeß ich warne, um Dein Wohl besorgt.
Venedig, das jetzt lacht und lärmt in Liedern,
Als gäb' es keine Nacht, es schweigt wohl bald
Und liegt verzagt, eh' Aschermittwoch dämmert,
Denn, horch, beschlossen ist sein Untergang!

Giovanni.

Bist Du von Sinnen, oder scherzest Du?

Pinola.

Ich scherze nicht, Gott soll mein Zeuge sein!

Giovanni.

Dein Vater wacht in Vorkehr rasch und That,
Er wird als Fürst die Stadt vor Unheil schirmen!

Pinola.

Vor diesem nicht.

Giovanni.

Vor jedem sag' ich Dir!

Pinola.

O, Dein Vertrau'n ist blind!

Giovanni.

Weil ich ihn kenne.

Pinola.

Du kennst ihn nimmer, kanntest Du ihn auch:
Sein Wesen hat vollkommen sich verwandelt,
Und Rachedurst erfüllt sein Kriegerherz
In unerhörtem Maß.

Giovanni.

O leg' ihm nicht,
Sein Kind, unwürdige Gedanken bei,
Miß ihn nach jähen Zornesworten nicht!
Die Wuth ist Wahnsinn, den zur Ruh' gekehrt
Der Tobende am meisten selbst verspottet.

Pinola.

Verzeih' mir Gott, daß ich vor ihm Dich warne,
Ich thu' es, Dich zu retten, denn bevor,
Der Tag, dem Meer entstiegen, küßt die Säule,
Wird dieses Haus, das rings von Waffen starrt,
Das Arsenal, der Dom und der Palast,
Wird jedes Campo und Quartier der Stadt
Erbeben von der Wuth der Cittadini,
Entfesselt von Sanct Marcus banger Glocke,
Die in den Lüften schwingen läßt der Fürst.

Giovanni.

Marin' Falieri Hochverräther? Nein.
Das wird er nicht! Stieg ihm das Blut zur Schläfe,
Es wallt zurück. Mach' auf, ich will zu ihm
Und ihn beschwören, bitten auf den Knieen,
Ja, nimmer aufsteh'n, eh' ich ihn besänftigt.

Pinola.

Es ist zu spät, er kann nicht mehr zurück.
Auf und entweiche! Steu're nach dem Meer,

Da ohnehin die Pflicht dorthin Dich ruft,
Und laß' gescheh'n, was Du nicht ändern kannst.

Giovanni.

Nein, nimmermehr! Mach' auf und laß' mich ein.

(Er zieht.)

Ich wehr' es ihm. So lieb' ich diesen Mann,
Der alle Zeit der Ehre Spiegel war,
Ihr Herold und ihr weit geseh'nes Zeichen,
Daß ich ihn eher niederstoßen will
Mit diesem Stahl, als ruhig es betrachten,
Wie er in Schmach beschließt sein ruhmreich Leben,
Mach' auf und laß' mich ein!

Pinola.

Was that ich, weh'!
Zum Nachtheil schlägt mir mein Bemühen aus,
Zu hemmen, was ich selbst erregen half.
Hab' Mitleid doch mit mir, die Dich gewarnt!

Giovanni.

Hab' Du's mit meinem Vater, alt und grau,
In aller Strenge liebevoll gesinnt,
Mit meiner todten Mutter Grabesfrieden,
Der ungestört in solchem Krieg' nicht bliebe,
Mit meinem Haus und seinen Ruhmgeschlechtern,
Die blutsverwandt bewohnen diese Stadt,
Des Meeres Königin von Alters her!

Pinola.

Du rasest, und Vernunft entwich Dir ganz,
Die Dich will retten, sie verderbest Du!

Giovanni.

Ich halte an der Ehre fest und ihr,
Der ich den letzten Hauch will weih'n. Mach' auf!

Pinola.

So komme nur, doch tödte mich zuvor,
Die ich unselig dieses Wirrsal wob;
Doch nein, Luigia ruf' ich, daß sie Dich beschwöre
Komm', Schwester, komm' auch Du, o Mutter!
(Luigia und gleich darauf die Dogaressa treten auf den Balkon.)

Luigia.

Giovanni, traf ein Unfall ihn? O sprich!
Weßhalb in seiner Hand der blanke Degen?

Annunziata.

Was rufest Du so bange mich, Pinola?

Pinola.

O bitt' ihn, Mutter, daß er fliehen soll!

Annunziata.

Wie, fliehen! Droht Giovanni denn Gefahr?

Pinola.

Erfüll' es, Mutter, mir! — Sie hört mich nicht.
Luigia, eilen wir zu ihm hinab,
Besinn' Dich nicht —

Luigia.

O sag', was ist gescheh'n?

(Beide eilen ab. Steno und Battista kommen aus einer Gasse am Canal hervor und schleichen sich, dem Hause gegenüber in den Hintergrund. Battista hält die Armbrust gespannt.)

Annunziata.

Was ist's, Giovanni, das Dich so bedrängt?

Giovanni.

Nichts; öffnet mir doch schnell, verehrte Herrin,
Und laßt mich ein, ich fleh' Euch an darum.
Ihr ludet liebevoll mich gestern selbst
Durch diesen Brief zur Nacht hier zu erscheinen.

(Er zieht den Brief hervor.)

Annunziata.

Ich laß' Dich ein, wir müssen Abschied nehmen,
Der Doge schläft entfernt und hört Dich nicht.

(Steno und Battista haben sich etwas genähert.)

Doch dort, wer naht? Giovanni, sieh' Dich um!
Sie sind zu Zwei und Einer spannt die Armbrust.

9

Giovanni.

Wer sind die Schurken? Steno, ich erkenne Dich,
Heran Du Wicht, daß ich den Lohn Dir gebe!

Annunziata.

Zurück, er zielt. Entflieh', Du bist verloren.

Battista.

(Indem er den Pfeil abdrückt.)

Der Flotte soll sich kein Verräther nah'n!

(Giovanni sinkt vom Pfeile getroffen nieder.)

Giovanni.

Ich bin getroffen, schwer getroffen, hier.

Annunziata.

Zu Hilfe, Mörder, Hilfe!

(Sie eilt in das Haus, Steno dringt auf Giovanni und ver=
setzt ihm einen Stich mit dem Degen in die Brust.)

Steno.

Das ist von Steno für die Dogaressa.

Giovanni.

Luigia! (Er stirbt. Steno und Battista enteilen, woher sie
gekommen. Pause, während der man Fackellicht im Palaste
sieht. Pinola, Luigia und die Dogaressa, denen Bertram
voran leuchtet, stürzen aus dem Hause.)

Pinola.

Da liegt er, hingestreckt vom feigen Mörder!

Luigia.

Todt! (Sie sinkt zusammen.)

Annunziata.

Sie stirbt uns auch, o helfet, helft der Armen!

Pinola (sich die Brust schlagend.)

Ich habe Zorn gesät und ernte Jammer.

(Sie stürzt sich der Dogaressa an die Brust, die sie tröstet.)

Luigia (zu sich gekommen.)

Wo ist er? Führt mich schnell zu ihm, o schnell!
O Anblick, der mich neidisch macht auf Blinde,
Die Taube sank, die Botschaft unter'm Flügel,
Lest aus den blut'gen Federn Euch den Brief!

(Sich über den Todten beugend.)

O gab es eine Hand, so kalt und grausam,
Die mir nicht gönnte, daß ich Dich besaß,
Erwählter, meiner Liebe gold'ner Ritter,
Der wie die hohe Sonne zog vor mir,
Mit reichen Strahlen milder Herrlichkeit.

(Sie beugt sich über den Todten.)

Giovanni, mir entrißen, wehe mir!
Zu meinem Troste war er hergekommen,
Und ohne Abschied ging er weg von mir.

9*

Annunziata.

Ihr Jammer schneidet mir durch's Herz, Pinola,
O führen wir sie in das Haus hinweg.
Komm, wecken wir den Vater drinnen.
(Sie bemühen sich um Luigia, nachdem Pinola den Leichnam
Giovanni's mit seinem Mantel bedeckt hat. Der Signor
di Notte von Steno und Battista geführt, tritt auf.)

Annunziata.

Selbst fast unmöglich wird es mir zu scheiden.
(Annunziata und Pinola führen Luigia in das Innere des
Hauses; Bertram und der Gondolier folgen.)

Steno.

Ihr seht, die Dogaressa war es selbst. —
Nach Eurem Auftrag ist der Pfeil geflogen,
An dem er starb —
Verantwortung kann mir zur Last nicht fallen.

Battista.

Wir thaten nur, was uns geheißen war, —
(zu Steno.)
Der Degenstich war aber überflüssig.

Steno.

Verwundet bloß, er wäre uns entkommen.

Battista.

Wer angeschossen so, steht nimmer auf.

Der Signor di Notte.

Beruhigt euch, ich nehm' die That auf mich,
Die ich befohlen.
(Ein Hochverräther, im Begriff die Flotte
Zu führen gegen seine Vaterstadt,
Ein Kundiger so schändlicher Verschwörung,
Die selbst das Haupt des Staates in sich faßt,
Ja mehr, ein Mitglied des leibhaft'gen Bundes,
Ihn sollten wir, befugte Wächter, schonen?
Ist er nicht selbst gleich einem wilden Thier,
Das außer Athem hält die ganze Landschaft,
Darauf die Jäger selbst den Preis gesetzt?
Wer es erlegt, den schätzt das Volk als Meister.
D'rum hoff' ich, uns're Haltung wird belobt,
Nicht bloß entschuldigt von der Signorie.)

(Fackelträger, denen Lioni, Cornaro und Gradenigo folgen,
treten auf. Bewaffnete Dalmatiner ziehen ihnen nach auf die
Bühne.)

Battista.

Da sind schon die Gestrengen —

Lioni (zum Signor di Notte).

Auf Euren Ruf sind wir daher geeilt
Zur Brutstatt der Verschwörung, um das Nest

Der zorn'gen Wespen, die die Stadt durchsummen,
Durch Brand mit eig'nen Händen zu ersticken.
Auf, Dalmatiner, Söldlinge Venedig's,
Besetzt dieß Haus und nehmt gefangen Alles,
Was es verbirgt bis in die tiefsten Keller,
Voran den Dogen. Wenn er selbst entrann,
So schafft uns Pfänder seines eig'nen Blutes,
Die Dogaressa und die beiden Töchter:
Ihr macht euch um das Inselreich verdient,
Das keine besseren Matrosen hat.

(Ein Theil der Soldaten mit dem Signor di Notte dringen
in das Haus ein.)

Schon haben sich zur Sicherung der Stadt
Colonnen, rasch geformt, in Marsch gesetzt;
Der Marcusthurm mit seinem Glockenstuhl
Ist ihrer Eile Ziel, nicht minder auch
Das Arsenal, die Höhle des Verraths.
Sanct Marcus und die Freiheit heißt die Losung,
Die Euer glücklich Ohr erhaschte, Steno,
Wofür besond'rer Dank Euch werden soll.
Wir wollen sie durch ihren eignen Ruf,
Dem nunmehr fehlt der Probe Kraft, verwirren.

(Den Leichnam erblickend)

Wer ist der Mann?

Der Signor di Notte.

Es ist der Cicisbeo
Und Mitverschworne, wie Euch schon gemeldet.

Lioni.

Doch welchem Haus wohl mag er angehören?
Deckt auf den Leichnam —

Der Signor di Notte.

Ich mache Excellenza aufmerksam
Auf einen Brief, den er im Koller trägt.

(Die Inquisitoren treten zu dem Leichnam, die Fackelträger
leuchten; Steno zieht sich erschrocken in den Hintergrund
zurück.)

Lioni (zurückschaudernd).

Giovanni ist's, mein Sohn, mein eigner Sohn
Verloren — todt — und ein Verräther — oh
Verräther an dem eignem Vater — weh' mir!

(Pause.)

Doch weg den Jammer, der mich übermannt!
Dies ist ein Zeichen mehr, wie riesengroß
Uns die Gefahr bedrängt — hinweg von ihm!

Der Signor di Notte
(aus dem Hause tretend).

Der Doge ist im Hause nicht zu finden.

Lioni (sich emporrichtend).

So steht er auf dem Felde des Verraths
Und kühn erfaßt er selbst Sanct Marcus' Fahne
Mit sieggewohnter Hand und reiht die Schaaren

Zum frevelhaften Kampf, der Erzverräther!
Auf tapf're Krieger, auf und wider ihn,
Der sich am eig'nen Vaterland vergangen,
Der mir den Sohn verstrickt hat und verführt —
Den Sohn! — — Sein Leben ist verwirkt,
Und wer ihn tödtet, schafft ein gutes Werk,
Fort mit dem Ruf! Sanct Markus und die Ehre!

Alle.

Sanct Marcus und die Ehre!

Der Vorhang fällt.

Fünfter Act.

(Der Audienzsaal im Dogenpalaste wie in der zweiten
Scene des zweiten Actes. Es tagt. Vor Falieri, der noch
die Bauta umgeworfen hat, knieen Bertuccio und drei andere
Verschworene. Falieri hält die entfaltete Marcusfahne in
der Hand.)

Falieri.

Antonio wird vermißt! Doch möcht' ich schwören,
Daß er nicht treulos uns im Stiche ließ.
So nimm, Bertuccio, die Fahne Du
Und schwing' sie vor dem Thor. Sobald sie weht,
Ertönt vom Thurm die Glocke. Auf! ich folge,
Wenn mich das Zeichen ruft, zum Kampf bereit.
Gott sei mit uns! Sanct Marcus und die Freiheit!

Die Anderen.

Sanct Marcus und die Freiheit!
(Sie erheben sich.)

Falieri.

Nun geht. Auf Wiederseh'n im Kampfe!
(Die Verschworenen verlassen durch eine geheime Thüre den
Saal.)

Falieri.

„Pax tibi, Marce, Evangelista meus“
Venedig, änd're Deinen Wahlspruch ab,
Nimm Deinem Flügelleu'n das heil'ge Buch
Aus seinen Klau'n und steck' ein Schwert hinein.
Spring' auf, Du Leu, erhebe Dich zum Kampfe
Und brülle den verhalt'nen Zorn hervor!
(Die Marcusglocke ertönt.)
Die Glocke ruft.
(Er kniet nieder.)
Du Auge, das dort Alles schaut
Und richtet —
Auch diese faltenreiche Brust durchdringt,
Du weißt, daß ich den Streit nicht selbst begann,
Nein, daß die Noth uns hat dazu gedrängt.
Sei gnädig uns darum! Vergieb die Rache.
(Er erhebt sich.)
Was ich erlitten, Alles steht vor mir
Und wie die höchste Unschuld ward beleidigt.
(Er wirft die Bauta ab und steht im Panzer da.)
Ihr stolzen heuchlerischen Optimaten,
Nun seht euch vor, ob ihr Schutzengel habt!
(Er zieht das Schwert und eilt nach der Thür.
Cornaro und Gradenigo, von vielen bewaffneten Dalma=
tinern umgeben stehen da, die Bewaffneten dringen auf den
Zurückweichenden ein. Die Glocke läutet fort, aus der
Ferne hört man Lärm von Kämpfenden.)

Falieri.

Was soll bedeuten dieser Ueberfall!

Cornaro.

Wir kommen Euch zu fahen als Verräther.

Falieri.

Den Fürsten faßt man nicht, ihn schützt die Würde!
Doch wollt Ihr seiner ledig sein im Tod,
So bietet er die eig'ne Hand dazu.

(Er zückt das Schwert gegen sich, im gleichen Augenblick
hört man die Stimme Badoer's.)

Badoer.

Laßt mich zum Dogen, laßt mich durch zu ihm!

Falieri
(horcht, das Schwert senkend.)

Auch Er auf ihrer Seite! —

Badoer (erscheint an der Thür.)

Platz, Ihr Wachen!

Falieri.

Der Mittler kommt zu spät —

(Er kehrt das Schwert von Neuem gegen sich.)

Badoer
(ihm rasch in den Arm fallend.)

Halt ein, wenn Du die Deinen retten willst,
Die in der Rache Hand als Opfer stehen,
So schuldlos sie auch sind —

Falieri
(zu den Inquisitoren sich wendend).

Wenn ihr dem Titel des Tyrannen noch
Den Namen des Barbaren wollt gesellen,
Worauf ihr schon ein altes Anrecht habt,
So gibt sich jetzt Gelegenheit dazu!
(Zu den Soldaten.)
Doch euch, ihr Dalmatiner, will ich warnen,
Daß ihr zum Treubruch fügt den Feldherrnmord,
Es lebt noch Einer, der mich rächen wird
Und ganz zu Ende führen die beschloss'ne That,
Bertuccio, mein Neffe, fürchtet ihn!

Cornaro.

Von dieser Hoffnung steht für immer ab —
(Zu den Umstehenden.)
Herbei den Neffen — — —!
(Der Leichnam Bertuccio's wird herbeigetragen und Falieri
vor die Füße gelegt.)
Er sank der Vorderste im ersten Anlauf, —
Die Meuterei zuckt führerlos ersterbend,
Erwerbt den Ueberbliebenen Vergebung.

Falieri
(der erschüttert dagestanden, nach einer Pause).
Nehmt hin!
(Er übergiebt, indem er sich zugleich mit der Linken das Gesicht verhüllt, das Schwert Badoer, der es Cornaro dar-
reicht. Die Wachen räumen den Saal; der Leichnam wird
weggetragen, der Waffenlärm verstummt.)

Padoer.

Der Herzog überliefert sich freiwillig.

Cornaro (nach einer Pause).

Habt ihr noch einen Willen vorzubringen?

Falieri.

Täuscht schlichten Glauben an die Gnade nicht!
Und gebt mir meinen Spruch.— Wo ist Lioni?

Gradenigo.

Er hat den Sohn verloren diese Nacht.

Falieri (entsetzt).

Giovanni! — —
Er war so werth mir selbst als ihm, ja werther.

Cornaro.

Nicht Gram allein verbietet sein Erscheinen,
Es hindert ihn noch das Gesetz vielmehr,
Das Nahverwandte ausschließt vom Gericht.

Gradenigo.

Ja, die Verschwörung hatte weit gegriffen —

Falieri.

Giovanni! redet ihr von ihm?

Gradenigo.

Von ihm.

Falieri.

Ein Irrthum waltet da, ruft mir Lioni.

Cornaro.

Wir melden dieß ihm, wie den Stand der Dinge.
(Cornaro und Gradenigo treten ab. Falieri und Badoer
betrachten sich einen Augenblick aus der Ferne.)

Badoer.

(O theurer Freund, wie sehen wir uns wieder,
Wie anders, als ich mir es stolz geträumt!
(Da Falieri zurückhält.)
Du mißtraust mir? Doch ich verdien' es nicht.
Sieh', nicht auf eig'ne Hand erschien ich hier;
Ich mußte den verführten Truppen folgen —
O hätt' ich mich so lange nicht bedacht!)
(Falieri eilt auf Badoer zu und schließt ihn in die Arme.

Falieri (nach einer Pause.)

Verzeih' mir meine Heimlichkeit, ich war —

Badoer.

Kein Wort davon — —
Du hast es gut gemacht in hoher Weise.

Falieri.

Und Du haſt mich zu größer'm Dank verpflichtet,
Da Du mich zur Verantwortung gemahnt.
Doch wie ward ihnen das Geheimniß kund?

Padoer.

Das haben ſie mir ſelbſt nicht offenbart.)

Falieri.

O Freund, was machen meine trauten Lieben?

Padoer.

Es wird für ſie geſorgt; die beiden Mädchen
Ließ ich in's Kloſter der Giudecca bringen.

Falieri.

Doch Annunziata?

Padoer (auf eine Nebenthür zeigend).

Sie weilt nahe Dir.

Falieri.

Schnell rufe ſie! Mein Herz begehrt nach ihr.
(Annunziata erſcheint an der Nebenthür und fliegt auf den
Dogen, der ſie ſtumm in die Arme ſchließt.)

Annunziata.

O mein Gemahl und Herr! Welch' jähes Schickſal,
Ich faß' es kaum — es kam zu ſchnell!

Falieri.

　　　　　　　　　Sei muthig,
Es war des Himmels Schluß, da hilft kein Klagen.
Erfülle, Annunziata, mir die Bitte
Und sei ein starkes Weib —

Annunziata.

　　　　　　　　　Ich will es sein,
Doch denk' ich d'ran, wen ich in Euch verehre,
Wer mir das Haupt so innig schmiegt an's Kinn
Ganz ohne Stolz, vergessend meinen Unwerth,
Dann weiß ich nicht, ob ich es überlebe.

Falieri.

Bist Du nicht eines Kriegers treu Gemahl?
Seit fünfzig Jahren hab' ich jeden Kampf
Bestanden, den Venedig unternahm.

　　　　(Lioni ist eingetreten, von Falieri unbemerkt.)

Der Opfer Zahl wie groß! Von Schwert und
　　　　　　　　　　　　　　　Schleuder,
Von Pest und Seuchen, Hunger und Entbehrung.
Der Greis, der Mann, der Jüngling hingerafft!
Ich fast allein entrann. Nun streckt der Tod
Ihn, den er lang vor seiner Sichel litt.
Wozu da klagen? Nein, ich sterbe gern
Und räum' das Feld den Schleichern in Venedig.

　　　　　　(Er erblickt Lioni.)

Lioni.

Ihr habt nach mir begehrt —

Falieri.

Ihr sprecht's mit Seufzen.

Lioni.

Mein Sohn starb diese Nacht —

Falieri.

Gott sträf' die Mörder sammt den Schuldigen.

Lioni.

Ich selbst befahl die schreckensvolle That.

(Annunziata bebt zusammen.)

Falieri.

So habt Ihr große Schuld auf Euch geladen.

Lioni.

Ihm wurde nur der härt're Tod erspart.

Falieri.

In arger Täuschung sprecht Ihr dieses Wort:
Giovanni stand dem Unternehmen fern.

(Lioni taumelt zurück.)

Er stand in Wort und That auf Eurer Seite.

10

(Und ich verbarg ihm dieß Geheimniß drum,
Zur Flotte ihn entsendend, ihn zu schonen.)

Lioni.

(Nachdem er Fassung gewonnen.)

Uns ward es gleichwohl anders hinterbracht:
Pinola, Eure Tochter sprach mit Steno
Vom Söller diese Nacht, verwechselnd ihn
Mit meinem Sohn — sie hatte Euch belauscht
Von ungefähr und kannte Eure Absicht, — —

Falieri (erschüttert.)

Das eig'ne Blut verrieth mich —

Lioni.

       Horcher warnten,
Nur daß sie seinen Namen uns verschwiegen.

Falieri.

(Mit falschem Ohr vernahmen sie das Falsche —)

Lioni.

Und ich, nicht ahnend wer es sei —

Falieri.

         Ihr sandtet
Die Meuchelmörder ihm; es sieht Euch gleich.

Lioni
(den Brief der Dogaressa hervorziehend).

Nicht ahnend, daß er selbst der Cicisbeo

(entschieden vortretend.)

Der Dame hier —

Falieri.

Halt!

Lioni.

Les't den Inhalt selber!
Die Reihe ist an Euch jetzt zu erblassen.

Falieri.

(Nachdem er einen flüchtigen Blick auf den Brief geworfen.)

Es thut nicht Noth, ich kenne schon den Inhalt.

Lioni (erstaunt).

Euch trifft kein Donner?

Falieri.

Ei, warum denn auch!
Luigia's Anverlobter war Giovanni
Und vollen Anspruch hatte so der Jüngling
Auf meiner Gattin Mitgefühl und Liebe.

Lioni.

Hat er des Vater's Stimme auch befragt?

Falieri.

Auf meinen Wunsch verschob er das Ersuchen —

Padoer (zu Beiden).

(Bei Eurem Zwiste war's gebot'ne Vorsicht.)

Lioni (sich verhüllend).

O schrecklich ist das Licht, das Ihr verbreitet —
Mein Sohn ist schuldlos! Wehe, wehe mir,
Ich bin sein Mörder.

Falieri.

Glaubtet ihr an Tugend,
Ihr hättet Euch des Sohnes nicht beraubt.

(Lioni entfernt sich gebrochen.)

(Nichts hindert Euch den Richtern beizutreten
Und so erwart' ich einen raschen Spruch.

(Nach einer Pause.)

Ein solches Ende nahm es mit dem Wacker'n!
Und doch, wohl ihm, er schied aus dieser Welt
So rein, als Jeder wünschte nach dem Tod
Zu treten vor des Richters klaren Thron.

(Den Brief emporhaltend.)

Kein Schatte eines Makels ruht auf ihm:
Er ist das Opfer schändlicher Verläumdung.

Annunziata.

O mein Gemahl, Ihr hattet Recht zu glauben,
Daß Steno Hasses, nicht der Schonung werth.

Falieri (ihre Hand fassend).

Die Bösen sind nicht werth, daß Du Dich grämst,
(er gibt Annunziata den Brief)
Bewahr' ihn als Gedächtniß an Giovanni! —)
Die Stunde drängt: wir müssen Abschied nehmen
(Badoers Hand fassend.)
(In Deine Obhut leg' ich dieses Kleinod,
Bewahr' es wohl!
· (Er küßt Annunziata, die in Thränen steht.)
Es war mein höchster Stolz,
Die Freude meines Lebens, all' sein Staat.
(Mit erstickter Stimme.)
Wach' mir darüber, Freund, beschütze sie!
(Sie segnend.)
Nichts weiter hinterlassen kann ich Dir:)
Gott schütze Dich, mein edles treues Weib —
Wie ihr, so sei auch meinen Kindern Beistand,
Beförd're sie mit Rath, heilsamer Freund,
Beschütze sie!

Badoer.

Ja, ich gelob' es Dir —
Auch hat den Vorsatz sie schon kund gethan,
Sie kehre nimmer in die Welt zurück.

Falieri (aufschreiend).

Annunziata!
(Er stürzt ihr an den Hals, nach einer Pause.)
Geh, es ist genug!

Annunziata.

Dürft' ich mit Euch nur sterben, theu'rer Herr!
(Was ist die Welt mir ohne Euch, der Alles
Darin mir hat bedeutet: Heil und Schutz,
Ja alle Wonne, die das Leben hat.
Ach! Da ich nun gewöhnt an solche Huld,
Versiegt ihr süßer Quell mit Einemmal!)
Ich bin verlassen eine Waise wieder.

(Annunziata entfernt sich schwankend und zurück grüßend,
während dem öffnet sich die Flügelthüre und unter
Voraustritt des Castellans erscheinen die drei Staats=
inquisitoren, ihnen folgen die sechs Räthe der Signorie,
diesen ein Notar, der das Urtheil in Händen hält. Sodann
kommen gefesselt zwischen zwei Bewaffneten Steno und
endlich in Mitte von Wachen Calendaro, Antonio und Isarel,
letzterer tödlich verwundet auf einer Bahre. Diese Gefan=
genen halten unter der Thür. Oben auf der Krönungstreppe
erscheinen der Scharfrichter und Bewaffnete.)

Falieri (Annunziata nachblickend).

Sie geht dahin, ich sehe sie nicht mehr.

(Den Zug erblickend.)

Da sind sie schon —

(Beißend zu den Inquisitoren.)

Ihr wart besonders gut gelaunt und gütig.

Cornaro.

Wir führen Steno Euch in Ketten vor:
Sein Urtheil lautet: ewige Verbannung.

Falieri.

Mein Aug' verwies ihn längst, hinweg mit ihm!
Noch bin ich Fürst.

(Steno wird abgeführt, Falieri erblickt die drei Gefangenen
an der Thür. Während er sich ihnen nähert, mit einem bittern
Blick auf die Inquisitoren.)

Ist das die Gnade, die Ihr angekündigt? —
Lebt wohl, Genossen, scheiterten wir auch,
Getrost, das Beispiel gaben wir. Lebt wohl!

Die Gefangenen.

Heil, Falieri, Heil dem Heldenbogen!

(Zu den Inquisitoren.)

(Fluch euch), ihr habt mißhandelt unser Volk!

Falieri grüßt sie mit der Hand; — auf einen Wink Cor=
naro's werden die Gefangenen abgeführt.)

Israel (in dem die Bahre erhoben wird).

Fluch Euch, Ihr habt mißhandelt unsern Dogen,
Den selbsterwählten Herrn, das Ehrenhaupt,
Das uns zu Sieg und Ruhm so lang geführt.
Fluch Euch!)

(Er sinkt auf die Bahre zurück und stirbt.)

Falieri.

Die Braven geh'n voraus — (er hat's bestanden.)
Was ist mein Spruch?

Cornaro.

Notar verlies das Urtheil!

Der Notar (liest).

„Im Namen der durchlaucht'gen Signorie —"
(Er stockt.)

Cornaro.

Gebt her!

„Im Namen der durchlaucht'gen Signorie:
Nachdem es kund und uns erwiesen ist,
Daß sich der Doge, Herr Marin' Falieri,
Zum Untergang der Republik verschworen
Mit andern Mißvergnügten aus dem Volke,
Ein Fall ganz unerhört in uns'rer Chronik —
Sind wir zusammen zum Gericht getreten
Und wir erklären gegenwärt'gen Herrn
Des Hochverrath's und der Empörung schuldig,
Dafür wir Alle gegen Eine Stimme ihm
Die Strafe der Enthauptung zuerkennen.
Auch ist sein Bild im Saal des großen Rath's
Zu löschen aus den Reih'n der andern Dogen.
Gegeben zu Venedig im Palast
Im Jahre Dreizehnhundert drei und fünfzig." —
Habt Ihr dagegen einen Einspruch?

Falieri.

Keinen.

Cornaro.

Habt Ihr noch Etwas vorzubringen?

Falieri.

Nichts,
Als schreibt nur in die Chronik, was ihr wollt,
Verlöscht mein Bild nur, malt mich hin als Teufel!
(Man wird noch eines Tages nach mir rufen
Und sich zurück den „Hochverräther" wünschen,
Ob es dann auch zu spät. Im Lasterpfuhl
Erstickt ist eu're Kraft mit eu'rem Stolz.)
Gott wird den Rächer wecken, der euch stürzt!
(Doch geh' es wohl dem Volke von Venedig,
Das arbeitsam und thätig immer abstach
Der Bienen Staat vom faulen Schwarm der Drohnen.
                    (Die Treppe hinansteigend.)
Nun kommt das Gegenstück zu meiner Krönung.
                    (Zu Badoer der ihm gefolgt.)
Nein, Theurer, nein, ich leg' es Dir nicht auf,
Daß Du den alten Freund zum Block geleitest —
Gott sei mit dir und allen, die wie Du!
                    (Von der Höhe der Treppe.)
Dein Bild im Auge, hohe Königin,
Der Meere und der Länder Stapelplatz,
Erhab'ner Thron der blauen Adria,
Vom schneeigen Zug beglänzt der fernen Alpen
Seh' ich dich leuchten noch im Tod. — Leb' wohl!

(Zu den Untenstehenden.)

Laßt es genug mit unf'rem Blute sein —
Der Himmel schütz' Venedig und sein Volk!

(Indem Falieri zwischen den Wachen abgeht, ertönt ein
Trauermarsch, das Zügenglöcklein läutet.)

Gradenigo.

Wie muthig geht er hin, recht als ein Held,
Der keine Krone braucht, ein Fürst zu sein.
Wer nach ihm kommt, hat einen schweren Stand.

Lioni.

Ich meinerseits verzichte, ihm zu folgen.
O Niemand ahnt den Schmerz, der mich durchdringt!
Ich habe blind mein Haus zu Grund' gerichtet,
Selbst meinen Sohn gemordet. Wehe mir!
Nie war ein Vater jammervoller je.

Badoer.

Es ist die Strafe für den Frevelmuth,
Womit Ihr fremder Ehre nachgestellt:
Ihr habt das harte Schicksal wohl verdient.
Venedig nahmt ihr seinen großen Fürsten.
Er hat's vollbracht —
Das Opfer Eures Hasses ist gefallen.

(Der Vorhang öffnet sich im Hintergrund. Falieri's Leichnam
vom Mantel bedeckt ist sichtbar. Neben dem Blocke steht
der Scharfrichter mit dem Beil, mehr rückwärts darüber steht

Cornaro. Die Räthe der Signoria und Bewaffnete bilden
die Stufen hinan Spalier. Das zugelassene Volk drängt
von beiden Seiten wehklagend heran.)

Cornaro.

Marin' Falieri, der hier Doge war, ist todt. —
Dem Hochverräther ist sein Recht gescheh'n.

Padoer.

Des stolzen Mannes wird man spät noch denken
Und ihm den Zoll verdienter Rührung schenken.

Der Vorhang fällt.

Ende.

Druck von J. B. Wallishausser in Wien.